INSTITUT IMPÉRIAL DE FRANCE.

SÉANCE PUBLIQUE ANNUELLE

DE

L'ACADÉMIE DES SCIENCES

MORALES ET POLITIQUES

DU SAMEDI 4 JANVIER 1862

PRÉSIDÉE PAR M. FRANCK

PARIS,

TYPOGRAPHIE DE FIRMIN DIDOT FRÈRES, FILS ET Cⁱᵉ,

IMPRIMEURS DE L'INSTITUT IMPÉRIAL, RUE JACOB, 56.

—

M· DCCC LXII.

INSTITUT IMPÉRIAL DE FRANCE.

ACADÉMIE

DES

SCIENCES MORALES ET POLITIQUES.

SÉANCE PUBLIQUE ANNUELLE DU SAMEDI 4 JANVIER 1862.

PRÉSIDÉE PAR M. FRANCK.

ORDRE DES LECTURES.

1º *Discours de* M. le PRÉSIDENT *annonçant les prix décernés et les sujets de prix proposés.*

2º *Notice historique sur la vie et les travaux de* M. HALLAM, associé étranger de l'Académie, par M. MIGNET, Secrétaire perpétuel.

1

INSTITUT IMPÉRIAL DE FRANCE.

SÉANCE PUBLIQUE ANNUELLE

DE

L'ACADÉMIE DES SCIENCES

MORALES ET POLITIQUES,

DU SAMEDI 4 JANVIER 1862.

DISCOURS D'OUVERTURE

DE M. LE PRÉSIDENT.

(M. Franck)

MESSIEURS ,

Considérée séparément, chacune des sciences que cette Académie a l'honneur de représenter au sein de l'Institut de France remonte à une époque déjà très-reculée. La philosophie se trouve près du berceau de la civilisation, entre la Religion et la Poésie, dont elle recueille attentivement les accents ins-

pirés pour les soumettre au contrôle de la Raison. La morale ne peut se séparer de la philosophie; elle en est la partie
la plus précieuse et la plus divine. D'abord reçue du Ciel sur
les ailes de la Foi, elle a montré qu'elle n'était point une
étrangère sur la terre, et que ses lois, écrites dans le cœur
de l'homme, portaient en elles-mêmes les preuves de leur
authenticité et de leur autorité inviolable. La jurisprudence
a suivi de près la morale, dont elle n'est qu'une des applications le plus impérieusement exigées par l'ordre social; car,
pour invoquer des droits, il faut commencer par reconnaître
des devoirs; et s'il n'existait pas une loi naturelle qui, en
leur servant de règle et de modèle, pût les couvrir de son
autorité, les lois positives ne seraient que l'œuvre éphémère
de l'arbitraire et de la force. Quand les hommes, instruits
par l'habitude de la méditation à remonter des effets aux
causes et à découvrir les lois générales sous la rapide succession des faits, voulurent appliquer ces deux procédés de la
pensée aux œuvres de la politique et aux événements dont
se compose la vie des nations, alors naquit l'histoire : non
pas celle qui se borne à peindre et à raconter, mais celle qui
juge et qui raisonne, celle qui demande au passé des enseignements utiles pour le présent et pour l'avenir; non pas
l'histoire d'Hérodote, mais celle de Thucydide et de Polybe.
Enfin, il n'y a pas jusqu'à l'économie politique dont la créa-
tion ne puisse être revendiquée à juste titre par le génie grec
et dont on ne trouve le premier germe dans un chapitre de
la Politique d'Aristote.

Mais, isolées les unes des autres, ces différentes branches
des connaissances humaines n'avaient qu'une faible influence
sur la société; car il leur arrivait rarement de s'entendre; et,

livrées sans contrôle à elles-mêmes, elles ajoutaient au spectacle de leur désaccord celui de leurs exagérations et de leurs
erreurs. En vain quelques hommes de génie, Aristote dans
l'antiquité, saint Thomas d'Aquin au moyen âge, Leibniz à la
fin du XVIIe siècle, ont-ils essayé de montrer ce qu'elles se
prêtent mutuellement de lumière, de fécondité et de force :
l'opinion générale continuait de les séparer et de les tenir en
échec les unes par les autres. Ce fut donc une grande et sa-
lutaire pensée de les réunir, je ne dirai pas comme des sœurs,
mais comme les membres dispersés d'un même corps, comme
des organes dans lesquels circule une même vie et qui doivent obéir à une seule âme.

Cette pensée, que l'auteur de la *Théodicée* a léguée au
XVIIIe siècle, et que le XVIIIe siècle a réalisée dans cette en-
ceinte, n'est pas seulement destinée à diriger dans une voie
plus sûre et plus large les recherches de la science : elle doit
exercer tôt ou tard une influence non moins heureuse sur la
conscience publique, par conséquent sur les institutions, sur
les lois, sur le gouvernement même de la société. L'histoire
de l'Europe, pendant les soixante dernières années, suffit
seule pour nous démontrer qu'il n'y a pas une autorité, pas
une législation, une convention internationale qui, sur quelque force qu'elle s'appuie, puisse se passer de l'approbation
de la conscience publique. Or, ce qu'on appelle de ce nom
respecté, ce ne sont pas les intérêts ou les passions d'un jour,
ce ne sont point les frayeurs et la lassitude d'un moment :
c'est le sentiment éternel, quoique perfectible, du juste et du
vrai; c'est le respect, inné dans le cœur de l'homme, quoique
susceptible de s'agrandir et de se purifier par l'éducation,
pour tout ce qui lui parle de ses droits comme du patrimoine

inaliénable de son âme immortelle; pour tout ce qui le montre à ses propres yeux, soit seul, soit en corps de nation, comme capable et digne de la liberté.

Pour ce juge suprême et cet arbitre tout-puissant des choses humaines, aucune conquête importante de la science, aucune vérité utile et féconde n'est complétement perdue; car, malgré la distance qui sépare le domaine de l'âme de celui de la matière, il en est des lois de l'ordre moral comme de celles qui gouvernent le monde physique; quand elles ne sont pas aperçues à la lumière de la raison, elles ne tardent pas à se faire reconnaître par la force des choses. Les principes qui nous commandent le respect de notre dignité sont, après tout, la meilleure garantie de notre sécurité et de notre bien-être; et il n'y a pas de sauvegarde plus infaillible pour nous-mêmes que les droits que nous sommes tenus de respecter dans les autres. Nous en avons aujourd'hui sous les yeux un mémorable exemple. Pendant soixante ans et davantage une nation voisine, subordonnant le monde entier à la poursuite de ses vengeances particulières, a nié obstinément le droit des neutres et n'a pas perdu une occasion de le fouler à ses pieds : la voilà maintenant obligée de l'invoquer à son tour, et contre qui? contre ceux-là même qui ont eu le plus à souffrir de ses altières rigueurs.

C'est à vous, Messieurs, qu'il appartient de recueillir et de répandre ces salutaires leçons; c'est à vous qu'il est réservé même de les prévenir, autant qu'il est au pouvoir de la science d'épargner aux hommes les rudes enseignements de l'expérience et de s'en passer pour elle-même. L'Académie des sciences morales et politiques, qu'il me soit permis de le dire, n'a point failli à cette mission. Sans parler de ses propres travaux, qu'il ne m'appartient point de louer, depuis trente ans à peine qu'elle est rétablie, elle a provoqué par ses concours, dans tous les ordres de connaissances dont se compose son domaine, une foule de savants Mémoires, devenus bientôt après d'excellents livres et des guides indispensables à qui voudra désormais parcourir les mêmes carrières. Il est à remarquer que plusieurs de ces livres, non moins distingués par le style que par la pensée, après avoir été couronnés par vos mains, l'ont été une seconde fois par une autre Académie, dont la tâche est de veiller à la pureté de la langue. C'est qu'il n'y a pas de meilleur secret pour bien dire, que de bien penser. Les langues se dégradent par les mêmes causes que les caractères et les mœurs : par l'affaiblissement des convictions et l'obscurcissement de la conscience.

A l'exception d'un très-petit nombre d'entre eux, les concours que vous avez institués pour cette année, et dont mon devoir est de vous rendre compte, n'ont rien à envier à ceux des années précédentes.

Votre section de philosophie n'a pas eu de prix à décerner ; car, des deux concours qu'elle a ouverts, l'un, sur le rôle de la psychologie en philosophie, vient seulement d'arriver à son terme ; l'autre, sur la philosophie de saint Augustin, ne sera clos que dans deux ans. Mais on voit par la nature des sujets qu'elle propose, que la section de philosophie, fidèle au plan qu'elle s'est tracé, fait marcher de front l'histoire de la science et la science elle-même, l'examen critique des systèmes et l'observation directe de la nature humaine. Toutes les grandes questions sur lesquelles s'est exercé le génie philosophique et ses œuvres les plus brillantes, les plus originales, pourront de cette manière être successivement mises à l'étude et en quelque sorte rajeunies par l'esprit de notre temps. Le nom de saint Augustin, il faut l'espérer, ne portera pas moins de bonheur à l'Académie que ceux de Platon, d'Aristote, de Plotin, de saint Thomas d'Aquin, de Descartes, de Leibniz, de la scolastique et de l'école allemande. Le sujet en lui-même et les termes dans lesquels est rédigé votre programme sont un appel à des esprits élevés et impartiaux chez qui le respect d'un beau génie et d'une autorité justement vénérée n'exclut pas l'indépendance de la critique, et que les spéculations les plus ardues de la métaphysique n'effrayent pas plus que les recherches austères de l'histoire.

Sur l'avis de votre section de morale, vous avez proposé en 1858, comme sujet d'un prix à décerner en 1860, cette question qui intéresse à la fois la morale et la législation, au double point de vue de la spéculation et de l'histoire : « Indiquer ce qu'était autrefois, parmi nous, l'autorité paternelle ; exposer les modifications qu'elle a subies, et, en constatant ce qu'elle est devenue, faire connaître, avec des détails suffisants, de quelle manière aujourd'hui elle s'exerce et quels résultats elle a produits. »

Six Mémoires ont été présentés, dont deux seulement, ceux qui ont été inscrits sous les numéros 2 et 5, ont obtenu, à des titres divers, votre approbation. Ils se font remarquer l'un et l'autre par la science et par le talent, par une connaissance approfondie des faits et par une discussion habile et intéressante de la question. Mais il y en a un qui l'emporte par la sûreté des conclusions; et ce sont les conclusions qui ont ici le plus d'importance.

L'auteur du Mémoire numéro 5, malgré quelques erreurs de détail qui ont leur origine dans certaines vues préconçues et dans le parti pris, en quelque sorte, de trouver d'âge en âge un progrès marqué dans les mœurs et dans les lois, paraît beaucoup plus heureux quand il fait parler l'histoire, que lorsqu'il prend lui-même la parole pour indiquer les enseignements que présente à notre temps l'expérience des temps passés. Les réformes rétrogrades qu'il propose sur plusieurs points, entre autres dans notre droit de succession, ne seraient ni sages, ni justes, et par là même seraient plus nuisibles qu'utiles à l'autorité paternelle.

Non moins instruit de tous les faits qui peuvent répandre quelque lumière sur le sujet, non moins versé dans toutes les législations anciennes et modernes, non moins habile à les faire valoir au profit de la société actuelle, pour quelques parties mêmes, par exemple pour la constitution de l'ancienne famille française, plus abondant et plus précis que son concurrent, l'auteur du Mémoire numéro 2 n'est point tombé dans cette faute. Les recherches historiques empruntent dans son ouvrage une nouvelle valeur aux considérations morales qui les accompagnent. Les unes et les autres aboutissent à des conclusions non moins sages qu'élevées, aussi propres à satisfaire le moraliste que l'homme d'État et le jurisconsulte.

L'Académie n'a pas hésité à couronner cet ouvrage, dont l'auteur est M. Paul Bernard, docteur en droit, procureur impérial à Avallon.

Elle accorde l'accessit à l'auteur du Mémoire n° 5.

2

C'est encore sur la proposition de votre section de morale qu'après une première tentative, demeurée infructueuse, vous avez remis au concours, pour 1861, le sujet suivant : « Exposer, d'après les meilleurs documents qui ont pu être recueillis, les changements survenus en France, depuis la révolution de 1789, dans la condition matérielle ainsi que dans l'instruction des classes ouvrières, et rechercher quelle influence ces changements ont exercée sur les habitudes morales. »

Cette question, sans excéder les limites de la morale, touche aux problèmes les plus importants de la politique et de l'histoire. Elle ouvrait une carrière à des recherches tout à fait nouvelles et pleines de promesses. Cependant elle n'a pas produit les résultats que vous étiez autorisés à espérer. Des trois Mémoires qui vous ont été adressés, il y en a un qui a dû être écarté comme tout à fait insuffisant. Un autre, celui qui porte le n° 1, est une œuvre étendue et sérieuse où l'on remarque une vaste érudition, de patientes recherches, dirigées avec art, et des doctrines généralement saines. Malheureusement un défaut capital dépare toutes ces qualités. On n'aperçoit pas le lien qui rattache les unes aux autres les diverses parties de ce Mémoire. Il manque d'unité et de méthode, et l'auteur n'a pas cherché à racheter par le style ce qu'il laisse à désirer du côté de la composition. L'auteur du Mémoire inscrit sous le n° 3 déclare lui-même que le temps lui a manqué pour achever son travail. En effet, des six parties qu'embrassait le plan qu'il s'était tracé, la première seule a été terminée. De la seconde nous n'avons qu'une ébauche, et les quatre autres sont restées à l'état de projet. Mais, sur le fragment qui est entre ses mains, l'Académie est autorisée à penser que l'ouvrage, s'il était rédigé tout entier dans le même esprit, d'après le même plan et dans le même langage, serait digne de toute son attention. On y reconnaît un esprit judicieux et maître de son sujet, un style ferme, une érudition abondante et puisée aux premières sources.

Persuadés, malgré l'avortement de deux épreuves successives, que les travaux déjà soumis à votre examen, en revenant sous vos yeux, complétés, perfectionnés et corrigés, pourront mériter la récompense qui leur échappe aujourd'hui, et que le sujet même est de nature à appeler dans la lice de nouveaux combattants, vous avez décidé que la question serait remise au concours.

Si la morale, surtout quand elle remonte vers le passé et qu'elle cherche à se rendre compte des progrès successifs de la conscience humaine, est souvent obligée de consulter l'histoire de la législation, la science des lois et du droit, à son tour, pour retrouver les fondements sur lesquels elle est assise et la règle suprême de ses jugements, ne peut se passer d'interroger la morale, ou, ce qui est la même chose sous un autre nom et à un autre point de vue, le droit naturel. Cette pensée sera reconnue sans peine dans le vaste et magnifique sujet que, sur l'avis de votre section de législation, droit public et jurisprudence, vous avez proposé une première fois pour 1857 et remis au concours pour 1860 : « Rechercher les origines, les variations et les progrès du droit maritime international, et faire connaître les rapports de ce droit avec l'état de civilisation des différents peuples. » Par le cours imprévu des événements, cette question, mise à l'étude il y a six ou sept ans, dans l'intérêt abstrait de la science, est de-

2.

venue une des vives préoccupations du moment et presque une question de politique contemporaine.

Un seul Mémoire vous a été envoyé ; mais on peut lui appliquer à tous les égards cette devise fameuse : *Nec pluribus impar.* C'est un ouvrage en trois volumes in-folio où la valeur des doctrines et la force de la discussion ne le cèdent pas à l'étendue et à la richesse du savoir. S'il y a un reproche à adresser à l'auteur, c'est que malgré les recherches immenses et variées que lui imposait la nature du sujet, il a trouvé le secret de pécher par excès d'abondance. Il serait difficile de donner une idée même sommaire de toutes les matières qu'embrasse un pareil travail et de la manière dont chacune d'elles a été traitée. Il suffit de dire que l'auteur n'a évité aucune des questions si complexes, si ardues, si délicates, qu'indiquait votre programme. L'histoire et le droit, le droit naturel et le droit positif, les traités et les faits, les influences diverses de la religion, de la politique, de la diplomatie, de la jurisprudence et de la guerre, il n'a rien oublié, il n'a rien amoindri, et partout il a fait preuve d'une érudition rare, de sentiments élevés, d'un jugement droit et d'un esprit exercé aux considérations philosophiques. Le style, tout en laissant quelquefois à désirer sous le rapport de la précision et de la sobriété, n'est pas indigne de la pensée. Il est élégant, naturel, pur de néologismes et de toute affectation. On y reconnaît un de ces hommes pour qui le respect de la langue n'est pas encore devenu un préjugé suranné. Quant à la conclusion, elle est tout entière dans cette épigraphe empruntée à Ulpien : *Mare natura omnibus patet.* Au delà de la liberté des mers pendant la paix et de la liberté des neutres pendant la guerre, elle nous laisse entrevoir un nouveau progrès qui consisterait à protéger le commerce maritime des nations belligérantes elles-mêmes.

L'Académie a été heureuse de couronner un si remarquable et si savant ouvrage. Il a pour auteur M. Eugène Cauchy, ancien maître de requêtes au conseil d'État.

La science, qui s'occupe de la richesse des nations et des conditions de leur bien-être, n'a pas moins bien répondu à votre appel que la morale et la jurisprudence. Deux concours ont été ouverts simultanément, pour l'année 1861, sur la proposition de votre section d'économie politique et de statistique : l'un pour le prix ordinaire de l'Académie, l'autre pour le prix fondé par les libéralités de feu M. Bordin. Tous les deux ont produit des résultats dignes de vos suffrages.

Le sujet du prix ordinaire de l'Académie était d'étudier et de faire connaître les causes et les effets de l'émigration développée dans le XIXe siècle, chez les nations de l'ancien monde, et de l'immigration chez les nations du nouveau monde.

Le Mémoire auquel vous avez décerné le prix est un ouvrage du plus rare mérite, où la question est traitée dans toutes ses parties avec un remarquable talent, d'après un plan aussi simple que fécond. Après avoir exposé dans un travail préliminaire l'histoire des émigrations ainsi que leurs causes et leurs conséquences les plus générales, l'auteur arrive à l'objet direct de ses recherches, c'est-à-dire aux émigrations du XIXe siècle. Il les partage en deux classes : celles qui sont libres et volontaires ; celles qui sont salariées et provoquées par un contrat d'engagement.

Les unes et les autres sont étudiées avec le soin le plus scrupuleux dans les effets qu'elles produisent, d'abord sur les pays d'où partent les émigrants, ensuite sur ceux où ils arrivent. On pourra se faire une idée des proportions que l'auteur a données à sa tâche, et de la conscience avec laquelle il l'a remplie, si nous disons que les diverses contrées qu'il a soumises à ce genre d'investigations sont au nombre de quatre-vingt-trois. Les renseignements qu'il réunit sur chacune d'elles, et notamment ceux qui concernent l'émigration anglaise et l'émigration allemande, sont de nature à satisfaire les esprits les plus difficiles. Enfin, dans un chapitre à part, sous le titre de déductions scientifiques et pratiques, il signale les conclusions qui sortent de tous ces faits. Il montre que l'émigration libre et spontanée est celle qui présente à la fois le moins d'inconvénients et le plus d'avantages, tant au pays que l'on quitte, parce qu'on y est de trop, qu'à celui où l'on va, avec la certitude d'y trouver l'emploi de son intelligence et de ses forces. Partout il fait preuve d'une science non moins solide qu'étendue et d'une rare pénétration.

L'écrivain qui a si bien mérité vos suffrages est M. Jules Duval, membre et secrétaire du conseil général de la province d'Oran.

Le sujet du prix Bordin, adopté sur la proposition de la même section, était celui-ci : «Rechercher les causes et signaler les effets des crises commerciales survenues en Europe et dans l'Amérique du Nord, durant le cours du XIXᵉ siècle. »

Deux Mémoires ont été présentés, dignes, à des titres divers et dans une mesure inégale, de l'attention de l'Académie. Le Mémoire inscrit sous le n° 1 est rédigé avec méthode et en très-bons termes. On y remarque des recherches d'une incontestable valeur, et un vrai talent d'exposition. Mais toutes ces qualités, si précieuses qu'elles soient, ne sauraient racheter deux vices essentiels : l'auteur n'indique pas d'une manière suffisante les vraies causes des crises commerciales, et il se laisse entraîner à des conclusions hasardées, on peut même dire chimériques. Malgré l'étendue de ses connaissances, il ne paraît pas s'être fait une idée exacte du rôle de la monnaie et de la fonction de l'escompte. Il a le tort encore plus grand de compter plus sur le mécanisme de certaines institutions, d'ailleurs peu praticables, que sur l'intelligence, l'activité et la prévoyance humaines. L'Académie a cru devoir refuser ses encouragements à l'esprit qui règne dans ce travail.

Le Mémoire qui porte le n° 2 est conçu dans des vues tout. opposées. Observateur exact des faits, historien consciencieux des perturbations commerciales qui se sont succédé en France, en Angleterre, aux États-Unis, à Hambourg, depuis le commencement du siècle jusqu'en 1857, très-habile à démêler et à classer les diverses causes de ces crises, l'auteur de ce savant et judicieux travail se tient en garde contre toute conclusion absolue, et s'abstient de présenter aucun spécifique contre un mal qui lui semble en grande partie être une conséquence inévitable des développements de l'industrie. La guérison, dans la mesure où elle lui paraît possible, il la fait dépendre, non d'une organisation nouvelle des institutions de crédit, mais de la sagesse et de l'activité. des hommes qui sont appelés à les diriger. Tout en regret-

tant que des observations si instructives et tant de précieux
documents ne soient pas présentés dans un style plus irré-
prochable et dans un ordre moins imparfait, l'Académie a
décerné le prix à M. Clément Juglar, auteur du Mémoire n° 2.

Un sujet d'un ordre aussi élevé et d'une étendue aussi
vaste que tous ceux qui viennent de passer sous vos yeux,
c'est la question qu'une première fois, en 1856, et pour la
seconde fois en 1858, vous avez proposée, sur l'avis de votre
section d'histoire. Il s'agissait de « rechercher quel a été le
caractère politique de l'institution des parlements en France,
depuis le règne de Philippe le Bel jusqu'à la révolution de
1789. » Aucun point de notre histoire nationale, en raison
même des recherches qu'il exigeait, ne méritait à un plus haut
degré d'attirer quelques-uns des jeunes et vaillants esprits qui
se sont voués avec tant de succès aux études historiques. Le
résultat de ces deux épreuves successives n'a pas répondu à
vos espérances. Un seul écrivain, le même qui s'était déjà pré-
senté à vos suffrages en 1858, a répondu à votre appel. Son
Mémoire est revenu amélioré et développé, mais sans remplir
encore toutes les conditions prescrites. On y reconnaît, sans
doute, une grande érudition historique et surtout juridique.
La première partie, consacrée aux origines du Parlement
unique, est d'une très-grande valeur ; mais la suite ne répond
pas tout à fait à cet heureux début. Le rôle des parlements
à travers les événements de notre histoire, la limite précise
où finissait pour eux l'exercice d'un pouvoir légitime, et
où commençait l'usurpation, leur action administrative et
politique, les vicissitudes subies par les fameux droits d'en-
registrement et de remontrance ; tous ces points qui forment

le cœur de la question, ou n'ont pas été touchés, ou sont traités d'une manière insuffisante.

En ouvrant sur le même sujet un troisième concours, l'Académie aurait craint de ne pas rencontrer plus d'empressement; mais elle a pensé qu'il était juste de ne pas laisser sans récompense le travail estimable, à tant d'égards, qui lui était soumis. Elle accorde donc, à titre d'encouragement, une médaille de mille francs à l'auteur de ce Mémoire, qui est M. Mérilhou, maire de Montignac, dans le département de la Dordogne.

Je ne vous entretiendrai point, Messieurs, de votre section de politique, administration et finances, ou du moins des ouvrages qui ressortissent particulièrement à sa juridiction; car elle se trouve dans une situation semblable à celle de votre section de philosophie. Les deux concours que vous avez ouverts sur sa proposition et qui ont pour sujet: l'un, *Du contrôle dans les finances sur les recettes et les dépenses publiques;* l'autre, *De l'impôt avant et depuis* 1789; ces deux concours n'arriveront à leur terme que le 31 mars de l'année où nous sommes entrés. Mais, en dehors de vos cadres et du cercle ordinaire de vos travaux, il y a des prix fondés par des libéralités particulières, sur des matières qui rentrent dans votre domaine général. Tel est le prix triennal institué par feu M. Edmond Halphen.

M. Achille-Edmond Halphen, enlevé dans la fleur de la jeunesse, après avoir vécu uniquement pour la charité et pour la science, a laissé, parmi d'autres fondations généreuses, une somme destinée à favoriser l'avancement de l'instruction du peuple. C'est une rente annuelle de 500 francs mise à la disposition de l'Académie pour être décernée en forme de prix, tous les ans, ou tous les deux ou trois ans, soit à l'ouvrage, soit à la personne « qui aura le plus contribué à la propagation de l'instruction primaire. »

Vous avez préféré Messieurs, la triennalité à toute autre période. C'est donc une médaille de 1500 fr. que vous aviez à consacrer pour la première fois au but désigné par le testateur. Il semble que le nombre des concurrents aurait dû être considérable, puisqu'il pouvait comprendre à la fois des écrivains, des instituteurs, des directeurs d'écoles normales, des administrateurs et des inspecteurs de l'enseignement primaire. Cependant, soit que le programme de l'Académie n'ait pas reçu assez de publicité, soit qu'on ne fût point préparé à ce genre de concours, l'Académie n'a eu à se prononcer qu'entre trois personnes, qui présentaient simultanément à ses suffrages des livres et des services rendus à l'enseignement. C'étaient un instituteur, un inspecteur et un administrateur. Ne pouvant pas à des noms propres substituer des numéros, comme c'est l'usage pour les mémoires, et ne voulant pas enlever à un échec, si honorable qu'il puisse être, le voile de l'anonyme, je ne parlerai que des motifs de votre préférence.

C'est à M. Rapet, inspecteur général de l'instruction primaire, que l'Académie a décerné le prix triennal fondé par M. Halphen.

M. Rapet, par ses théories et par ses méthodes, par la manière dont lui-même les mettait en pratique et par l'influence personnelle qu'il a exercée sur un grand nombre d'instituteurs, n'a pas cessé depuis trente ans d'imprimer à l'instruction primaire la plus utile et la plus active impulsion. Nommé en 1833 directeur de l'École normale primaire de Périgueux,

il a fait de l'établissement qui lui était confié un modèle pour
toutes les institutions du même ordre. Appelé ensuite à Paris en qualité d'inspecteur de l'instruction primaire, il a pu
communiquer les fruits de son expérience et l'heureuse con-
tagion de son exemple à toutes les écoles du département de
la Seine. Ces fonctions actives, remplies avec le plus parfait
dévouement, n'ont pas empêché M. Rapet de produire un
grand nombre d'ouvrages, tous écrits dans l'intérêt ou de
l'instruction, ou de la moralisation des classes populaires, et
pour lesquels il a obtenu de l'Académie six prix ou accessit,
entre autres le grand prix de 10,000 francs pour un *Manuel
de morale et d'économie politique à l'usage des classes ouvrières.* Enfin, à ces ouvrages eux-mêmes il faut joindre les jour-
naux rédigés par M. Rapet pendant un grand nombre d'années, et qui offraient aux instituteurs, non-seulement des
conseils pleins d'autorité et un précieux supplément d'instruction, mais des modèles de leçons à l'usage de leurs élè-
ves. Des titres si nombreux et si considérables ont décidé le
choix de l'Académie.

Si je ne suis pas resté trop au-dessous de la tâche que vous
m'avez confiée, on verra, Messieurs, par cette rapide récapitula-
tion des ouvrages qui sont nés par votre influence, et des jugements dont ils ont été l'objet de votre part, quel est l'esprit
qui préside à vos travaux. Fille du dix-huitième siècle, l'Académie des sciences morales et politiques ne peut pas renier
son origine. Il ne lui est pas permis de rester étrangère à ces
idées de progrès, de perfectibilité humaine, d'amélioration
sociale, qui ont tenu lieu à la génération précédente de religion, et qu'elle a eu le seul tort de ne pas comprendre, à
l'exemple de Descartes, de Pascal, de Leibniz, comme une

3.

conséquence nouvelle de la justice, de la bonté de Dieu, et de la grandeur morale de l'homme. Le jour où l'Académie voudrait répudier cet héritage, elle prononcerait sa propre condamnation. Où trouver, en effet, le but et l'objet de ses recherches ; où trouver sa raison d'être, s'il ne reste plus qu'à se prosterner, dans une muette contemplation , devant tout ce qui est, ou à restaurer ce qui a été ; si, dans un temps ou dans un autre, la philosophie, la morale, la jurisprudence, la politique, l'économie politique et l'histoire ont dit leur dernier mot ; ou si même, comme plusieurs ne sont pas éloignés de le croire, elles n'ont pas le droit d'exister? Le progrès, après tout, ce n'est pas autre chose que le triomphe plus ou moins éloigné, mais absolument inévitable, de la raison sur d'aveugles passions, de la science sur l'ignorance, du droit sur la force, de la charité sur l'égoïsme et sur la haine, de la liberté sur le double fléau de l'anarchie et du despotisme. Le nier, c'est fermer les yeux à la clarté du jour ; c'est imiter l'aveuglement de cette secte de l'antiquité qui niait le mouvement devant les révolutions de la nature et les œuvres de l'activité humaine. Mais la foi dans le progrès, la recherche des perfectionnements que réclame toute œuvre humaine, et, par conséquent, les institutions et les lois, ce n'est point cette fièvre de changements qui n'est propre qu'à faire des ruines, ou cette illusion insensée qui croit pouvoir, d'un coup de baguette, évoquer du néant un monde nouveau ; ce n'est ni l'esprit révolutionnaire ni l'utopie. Voilà pourquoi la connaissance de l'histoire et l'impartiale observation des faits vous paraissent être la condition indispensable de toute étude sérieuse, de toute découverte profitable à la société ou à la science. L'ingratitude et le mépris pour

le passé ne sont pas plus, à vos yeux, une preuve de dévouement qu'une source de lumière pour l'avenir. Chaque
nation et l'humanité entière vous apparaissent comme une
famille où le respect des ancêtres est la première garantie
d'union et de force. Grâce à cette direction à la fois pru-
dente et hardie, les résultats n'ont jamais trompé vos efforts,
et vos couronnes, en honorant de plus en plus ceux qui les
reçoivent, sont restées dignes de ceux qui les donnent.

INSTITUT IMPÉRIAL DE FRANCE.

ACADÉMIE

DES

SCIENCES MORALES ET POLITIQUES.

SÉANCE PUBLIQUE ANNUELLE DU SAMEDI 4 JANVIER 1862.

ANNONCE DES PRIX DÉCERNÉS

POUR LES ANNÉES 1860 ET 1861.

SECTION

DE MORALE.

L'Académie avait proposé, pour l'année 1860, le sujet de prix suivant :

« *Indiquer ce qu'était autrefois, parmi nous, l'autorité*
« *paternelle ; exposer les modifications qu'elle a subies, et,*

« *en constatant ce qu'elle est devenue, faire connaître, avec*
« *des détails suffisants, de quelle manière aujourd'hui elle*
« *s'exerce et quels résultats elle produit.* »

Ce prix, de la valeur de *quinze cents francs*, est décerné à
M. Paul BERNARD, docteur en droit, substitut du procureur
impérial à Avallon (Yonne), auteur du Mémoire inscrit sous le
nº 2 du concours, et portant pour épigraphe :

> « La tâche de nos pères a été de conquérir le droit, la nôtre doit être
> « d'enseigner et de propager le devoir. »
>
> (Jules Simon.)

Un accessit est accordé au Mémoire nº 5, ayant pour
épigraphe :

> « Crescit arbor ævo. »

SECTION

DE LÉGISLATION , DROIT PUBLIC

ET JURISPRUDENCE.

L'Académie avait proposé, pour l'année 1857, et remis à
l'année 1860, le sujet de prix suivant :

> « *Rechercher les origines, les variations et les progrès du*
> « *droit maritime international, et faire connaître les rapports*
> « *de ce droit avec l'état de civilisation des différents peuples.* »

Ce prix, de la valeur de *quinze cents francs*, est décerné à M. Eugène CAUCHY, ancien maître des requêtes, auteur du Mémoire portant pour épigraphe :

« Mare, naturâ, omnibus patet. »

(Ulpien.)

SECTION

D'ÉCONOMIE POLITIQUE

ET STATISTIQUE.

L'Académie avait proposé, pour l'année 1857, et remis à l'année 1861, le sujet de prix suivant :

« *Étudier et faire connaître les causes et les effets de* « *l'émigration développée dans le XIXe siècle chez les nations* « *de l'ancien monde et de l'immigration chez les nations du* « *nouveau monde.* »

Ce prix, de la valeur de *quinze cents francs*, est décerné à M. Jules DUVAL, membre et secrétaire du Conseil général de la province d'Oran, auteur du Mémoire n° 1, ayant pour épigraphe :

« It is natural for people to flock into a busy and wealthy country « that by any accident may be thin of people, as it is fort the dense « air to rush into those parts which are rarefied. »

(Burke.)

SECTION

D'HISTOIRE GÉNÉRALE

ET PHILOSOPHIQUE.

L'Académie avait proposé, pour l'année 1858, et remis à 1860, le sujet de prix suivant :

« *Rechercher quel a été le caractère politique de l'insti-*
« *tution des parlements en France, depuis le règne de Phi-*
« *lippe le Bel jusqu'à la révolution de 1789.* »

Ce prix, de la valeur de *quinze cents francs*, n'est pas décerné ; une somme de *mille francs* en est détachée et accordée à titre d'encouragement au Mémoire n° 1, ayant pour épigraphe :

« Perspicuitas enim argumentatione elevatur. »

(Cicer., *De natura deor.*).

et dont l'auteur est M. F. MÉRILHOU, maire de Montignac (Dordogne).

PRIX FONDÉ PAR M. BORDIN.

SECTION

D'ÉCONOMIE POLITIQUE ET STATISTIQUE.

L'Académie avait proposé, pour l'année 1861, le sujet de prix suivant :

« *Rechercher les causes et signaler les effets des crises* « *commerciales survenues en Europe et dans l'Amérique du* « *Nord durant le cours du XIXᵉ siècle.* »

Ce prix, de la valeur de *deux mille cinq cents francs*, est décerné à M. Clément JUGLAR, auteur du Mémoire n° 2, ayant pour épigraphe :

« Le développement régulier et continu de la richesse des nations n'a « pas lieu sans douleurs et sans résistances. — Dans les crises tout « s'arrête pour un temps, le corps social paraît paralysé; mais ce « n'est qu'une torpeur passagère, prélude de plus belles destinées. « En un mot, c'est une liquidation générale. »

(Page 47, deuxième partie du manuscrit.)

PRIX TRIENNAL

FONDÉ PAR FEU M. ACHILLE-EDMOND HALPHEN,

ET PROPOSÉ POUR L'ANNÉE 1860.

Feu M. Achille-Edmond HALPHEN, ancien juge suppléant au tribunal civil de Versailles, a, par son testament en date du 3 juin 1855, légué à l'Académie Française et à l'Académie des Sciences morales et politiques, « une rente annuelle de *cinq cents francs*, pour les arrérages de ladite rente être décernés en prix par lesdites Académies, tous les ans, tous les deux ou trois ans, à leur choix, savoir : par l'Académie Française, *à l'ouvrage qu'elle jugera à la fois le plus remarquable, au point de vue littéraire ou historique, et le plus digne au point de vue moral*, et par l'Académie des Sciences morales et politiques, *soit à l'auteur de l'ouvrage littéraire qui aura le plus contribué au progrès de l'instruction primaire, soit à la personne qui, d'une manière pratique, par ses efforts ou son enseignement personnel, aura le plus contribué à la propagation de l'instruction primaire.* »

Un décret impérial, en date du 31 décembre 1856, a autorisé l'Académie à accepter ce legs.

Ce prix, de la valeur de *quinze cents francs*, est décerné à

M. Rapet, Inspecteur primaire dans toutes les communes du département de la Seine, chez lequel se trouvent
à la fois l'instituteur habile, le sage directeur d'école,
l'inspecteur influent et l'auteur de bonnes méthodes.

ANNONCE

DES PRIX PROPOSÉS

POUR LES ANNÉES 1862, 1863 ET 1864.

SECTION

DE PHILOSOPHIE.

L'Académie rappelle qu'elle a proposé, pour l'année 1862, le sujet de prix suivant :

« *Du rôle de la psychologie en philosophie.*

« Avec une appréciation des principales théories psycho-
« logiques, anciennes et modernes, et de l'influence qu'elles
« ont exercée sur les systèmes généraux de leurs auteurs. »

Le prix est de la valeur de *quinze cents francs*.

Les Mémoires ont dû être déposés au secrétariat de l'Institut le 31 décembre 1861.

SECTION

DE MORALE.

L'Académie avait proposé, pour l'année 1861, le sujet de prix suivant qu'elle proroge à 1863 :

« *Exposer, d'après les meilleurs documents qui ont pu être*
« *recueillis, les changements survenus en France, depuis la*
« *révolution de 1789, dans la condition matérielle ainsi que*
« *dans l'instruction des classes ouvrières, et rechercher quelle*
« *influence ces changements ont exercée sur l'état de leurs*
« *habitudes morales.* »

Un premier concours n'ayant pas donné de résultat, la question avait été remise et se présentait pour la seconde fois.

Trois Mémoires ont été déposés, dont l'un, inscrit sous le n° 2 et portant pour épigraphe :

« *Sine libertate homo est imago mortis.* »

se compose de généralités mal liées au sujet et qui, pour le fond et la forme, ne supportent pas un long examen. Ce Mémoire, qui ne comprend que cent vingt pages d'un petit format, a été mis d'abord hors de concours.

Les deux Mémoires portant les n°s 1 et 3 ont fixé l'un et l'autre, à des titres divers, l'attention de l'Académie.

Le n° 1 a pour épigraphe :

« *Il n'est rien de ce qui contribue au bien-être physique et* « *aux progrès de l'intelligence, qui ne tende aussi à ennoblir* « *le caractère des masses.* » (Hipp. Passy.)

et forme trois grands cahiers d'un total de trois cent quatre-vingt-cinq pages. C'est un traité complet où l'érudition domine, et qui, à la patience des recherches, unit une grande sûreté dans le choix des auteurs. Le plan du Mémoire est bon ; il prend l'ouvrier au moment où tombent les vieilles entraves du travail pour le conduire jusqu'à nous, au milieu des hésitations et des troubles d'un régime nouveau. C'est en même temps un récit et un coup d'œil jeté sur les institutions qui ont assuré la marche de cet affranchissement des industries. L'un des meilleurs titres de ce Mémoire, c'est qu'il est exempt de déclamations ; le sentiment qui y règne est la bienveillance unie à l'esprit de justice. A peine pourrait-on relever çà et là quelques déviations et quelques erreurs sans gravité ; pour ce qui est fondamental, l'auteur s'applique à marcher d'accord avec les opinions les plus justement accréditées. Malheureusement un défaut essentiel dépare ces louables qualités. Ce Mémoire pèche par la composition ; les parties en sont mal liées, le classement des matières manque de méthode, le style enfin laisse à désirer. Il faudra, pour le rendre digne des récompenses de l'Académie, le soumettre à une révision sévère, en retrancher quelques digressions, marquer d'une empreinte plus ferme et exposer

5

avec plus d'art tout ce que le sujet comporte de développements vraiment nécessaires.

Le n° 3 a le défaut opposé ; il manque de développements.
Ce Mémoire a pour épigraphe :

« *Si quâ fata aspera rumpas.* »

et compte cent cinquante et une pages. L'auteur a épargné,
pour ainsi dire, à l'Académie le soin de le juger ; dans un
court avant-propos il se juge lui-même. Il confesse que le
temps lui a manqué pour achever son travail et que son
manuscrit, tel qu'il est, ne contient qu'une partie complète
et une autre ébauchée sur les six parties dont se composera
l'ensemble de l'ouvrage. Tout se réduit donc à l'étude du
droit nouveau fondé par la révolution, des changements
qu'il apportait dans la condition des ouvriers et du champ
qu'il ouvrait à l'activité individuelle. La même étude est
poussée jusque sous le Consulat et l'Empire, aux débuts duquel elle s'arrête, sans toucher ni à la loi de germinal an XI
constitutive de l'industrie, ni aux institutions des chambres
de commerce et des prud'hommes, ni à la police des livrets
qui fut la première forme de garantie employée contre les
ouvriers. Ainsi mutilé, le Mémoire n° 3 s'exclut naturellement
du concours ; il ne répond qu'à une portion du programme
de l'Académie. Mais sur le fragment qui lui était soumis la
section a pu juger que l'ouvrage, s'il eût été terminé aussi
heureusement qu'il est commencé, aurait mérité d'être pris
en sérieuse considération. Le plan a de grandes proportions ;
l'érudition, dans les parties traitées, est de première main ;
l'exécution est d'une plume exercée : on y sent un esprit ju-

dicieux, maître de son sujet et à qui le temps seul a manqué pour en tirer le parti dont il est susceptible.

Si donc, cette fois encore, le concours n'a point abouti, il laisse beaucoup d'espérance pour une nouvelle épreuve. L'Académie n'a pas de travaux dignes d'être couronnés, mais elle en a du moins le germe. Elle espère qu'une troisième épreuve conduira à des résultats plus heureux, et que les travaux déjà soumis à son examen pourront, en étant perfectionnés ou achevés, être rendus dignes du prix. Elle croit aussi que l'intérêt du sujet et son importance exciteront de nouveaux concurrents à se présenter.

En conséquence, l'Académie met encore la question au concours pour 1863.

Le prix est de la valeur de *quinze cents francs.*

Les Mémoires devront être déposés au secrétariat de l'Institut le 3o octobre 1863, *terme de rigueur.*

L'Académie propose, pour l'année 1863, le sujet de prix suivant :

« *Examen du Traité des devoirs de Cicéron.* »

PROGRAMME.

« Les concurrents compareront ce Traité avec les parties correspondantes de la philosophie morale des Écoles grec-

5.

ques, et rechercheront s'il présente quelques progrès, soit par les maximes générales de la morale, soit sur quelques points particuliers, tels, par exemple, que les rapports avec les esclaves, avec les étrangers, le droit de la paix et de la guerre, le courage civil, etc.;

« Ils examineront la thèse de l'identité de l'honnête et de l'utile, que Cicéron emprunte à Socrate;

« Ils insisteront sur un autre emprunt que Cicéron fait à l'antiquité, c'est-à-dire sur la division de l'honnête en quatre vertus qui comprennent toutes les autres. Ils observeront si l'orateur romain a bien marqué les limites de ces vertus, s'il n'a pas attribué à l'une les actions qui appartiennent à l'autre;

« Ils examineront si la division de l'honnête en quatre vertus doit être conservée, ou bien si elle doit être étendue ou restreinte;

« Enfin, ils rechercheront quels sont les mérites et les défauts du *Traité des devoirs*, et quels changements il faudrait introduire dans la doctrine de Cicéron pour en faire un traité méthodique et complet de morale. »

Le prix est de la valeur de *quinze cents francs*.

Les Mémoires devront être déposés au secrétariat de l'Institut le 31 octobre 1863, *terme de rigueur*.

SECTION

DE LÉGISLATION, DROIT PUBLIC

ET JURISPRUDENCE.

———

L'Académie avait proposé, pour l'année 1860, le sujet de prix suivant :

« *Rechercher quels ont été l'origine et le développement du* « *commerce des actions, des rentes publiques et autres valeurs* « *analogues, chez les différentes nations commerçantes de* « *l'Europe ;*

« *Définir l'influence de ce commerce sur le crédit des États ;*

« *Étudier la suite des faits et les combinaisons diverses* « *à l'aide desquelles le jeu et l'agiotage ont abusé de ce com-* « *merce ; exposer les dangers qui ont pu en résulter, là où se* « *sont organisées leurs opérations ;*

« *Indiquer enfin ce qui a été fait dans la législation des* « *autres pays en vue de ces spéculations.* »

L'Académie, n'ayant reçu aucun mémoire sur cette question, la remet au concours pour 1863, dans les termes suivants :

« *Rechercher dans l'histoire et les traditions du commerce,*
« *et dans les lois qui l'ont régi, l'origine et le développement*
« *de la division des valeurs financières et industrielles en ac-*
« *tions transmissibles;*

« *Indiquer les modes selon lesquels les actions se transmet-*
« *tent et se négocient;*

« *Définir en quoi ces négociations, soit en elles-mêmes et*
« *par leur nature, soit à raison des formes que les législations*
« *leur impriment, exercent une bonne ou mauvaise influence*
« *sur le crédit des États, sur la stabilité ou les variations des*
« *fortunes privées, sur les habitudes du travail et du com-*
« *merce, sur le mouvement des affaires;*

« *Apprécier le rôle qu'elles remplissent dans l'économie*
« *générale de la législation et de la jurisprudence, et les ré-*
« *sultats probables des modifications qu'elles viendraient à*
« *subir;*

« *Comparer les lois françaises en cette matière avec la lé-*
« *gislation des autres pays.* »

Le prix est de la valeur de *quinze cents francs.*

Les Mémoires devront être déposés au secrétariat de l'Institut le 31 octobre 1863, *terme de rigueur.*

L'Académie propose, pour l'année 1863, le sujet de prix suivant :

« *Du sénatus-consulte Velléien relatif aux engagements des*
« *femmes.* »

PROGRAMME.

« Le sénatus-consulte Velléien frappait d'inefficacité les
obligations que les femmes contractaient pour autrui, et
cette loi célèbre gouverne encore aujourd'hui une partie de
l'Europe civilisée.

« Rechercher l'origine et retracer l'histoire de ce sénatus-
consulte; déterminer son vrai caractère, soit au point de
vue politique, soit au point de vue purement civil. Examiner comment il se lie aux traditions et aux lois de la république, sur la condition des femmes et sur leur capacité civile; et si les mœurs et les habitudes de la société romaine
sous l'empire offrent quelque élément nouveau de la législation à cet égard.

« Exposer les résultats sociaux de cette institution; faire
connaître exactement sa théorie, ses développements, ses limites, et les modifications successives qu'elle a reçues dans la
pratique, et dans les monuments ultérieurs de la jurisprudence; comment et dans quels pays elle a été adoptée après
le démembrement de l'empire, et les modifications dont elle
a été l'objet sous l'influence de la législation byzantine et du
droit canonique.

« Indiquer notamment quelle a été son application en
France, les variétés de jurisprudence qui en sont nées dans
nos anciennes provinces, les ordonnances qui s'y rapportent,
et comment et pourquoi le système du sénatus-consulte

Velléien a été abandonné par les rédacteurs de nos dernières lois civiles.

« Indiquer quels sont les pays où le sénatus-consulte Velléien est encore la loi vivante, et l'influence qu'il y exerce, soit sur les mœurs, soit sur les transactions civiles; ainsi que les causes qui en ont motivé la conservation.

« Examiner enfin, au point de vue économique, politique et juridique, s'il pourrait y avoir quelque avantage au rétablissement du système Velléien, en France, soit pour compléter nos institutions actuelles, soit pour remplacer d'autres règles introduites dans nos lois, pour la défense des intérêts civils des femmes, ou la restriction de leurs droits. »

Le prix est de la valeur de *quinze cents francs*.

Les Mémoires devront être déposés au secrétariat de l'Institut le 31 octobre 1863, *terme de rigueur*.

SECTION

D'ÉCONOMIE POLITIQUE ET STATISTIQUE.

L'Académie rappelle qu'elle avait mis au concours, pour l'année 1860, puis remis à 1862, le sujet de prix suivant :

« *Déterminer les causes auxquelles sont dues les grandes*

« *agglomérations de population. Expliquer les effets qui*
« *s'ensuivent sur le sort des différentes classes de la société,*
« *et sur le développement de l'industrie agricole, manufac-*
« *turière et commerciale.* »

Le prix est de la valeur de *quinze cents francs.*

Les Mémoires ont dû être déposés au secrétariat de l'Institut le 31 décembre 1861.

L'Académie avait également proposé, pour l'année 1861, le sujet de prix suivant :

« *Du prêt à intérêt.*

« *En retracer l'histoire, principalement à partir des pre-*
« *miers siècles du moyen âge, constater et caractériser les*
« *résultats des lois et règlements qui, à diverses époques,*
« *vinrent en affecter l'usage et le taux.* »

Le prix est de la valeur de *quinze cents francs.*

Les Mémoires ont dû être déposés au secrétariat de l'Institut le 30 novembre 1861.

6

SECTION

D'HISTOIRE GÉNÉRALE

ET PHILOSOPHIQUE.

L'Académie rappelle qu'elle a proposé, pour l'année 1862, le sujet de prix suivant :

« *Rechercher et retracer, en se servant des documents*
« *imprimés et en recourant aux documents inédits, les ori-*
« *gines de nos établissements dans les Indes orientales ; en*
« *expliquer les progrès, et indiquer les causes diverses de*
« *leur décadence jusqu'à l'affermissement de la domination*
« *anglaise, en assignant la part qu'ont eue, soit dans leur*
« *développement, soit dans leur ruine, l'État, les Compa-*
« *gnies et les rivalités personnelles.* »

Le prix est de la valeur de *quinze cents francs.*

Les Mémoires ont dû être déposés au secrétariat de l'Institut le 31 octobre 1861.

SECTION

DE

POLITIQUE, ADMINISTRATION, FINANCES.

L'Académie rappelle qu'elle avait proposé, en 1857, pour l'année 1859, puis remis à 1862, le sujet de prix suivant :

« *De l'impôt avant et depuis* 1789. »

PROGRAMME.

« Avant 1789, l'inégalité était le caractère dominant de l'impôt et de sa perception ; tout était classé, les territoires, les personnes et les choses ; le principe contraire, qui a prévalu depuis, a servi de base au système financier qui régit la France.

« Les concurrents étudieront les résultats des deux régimes, soit à l'égard des populations, soit à l'égard de la puissance publique. Les études sur les temps qui ont précédé 1789, présentées sommairement, devront servir à déterminer les points essentiels de comparaison entre l'époque ancienne et l'époque moderne.

6.

« Les concurrents devront étudier l'assiette de l'impôt et
les formes de sa perception dans leurs rapports avec les règles de la justice distributive, avec le respect des personnes
et de la propriété, et avec les habitudes des populations.

« Ils étudieront également l'assiette et le mode de perception dans leurs rapports avec la production de la richesse.

« Ils rechercheront dans quelle proportion les éléments
divers dont la richesse nationale se compose contribuent
directement ou indirectement à la charge commune et sur
qui retombent en définitive les impôts.

« Les concurrents traiteront le sujet en s'éclairant à la fois
des lumières de la théorie et de l'étude exacte des lois, des
faits et des résultats. »

L'Académie a remis la question au concours pour l'année
1862.

Le prix est de la valeur de *quinze cents francs.*

Les Mémoires devront être déposés au secrétariat de l'Institut le 31 mars 1862, *terme de rigueur.*

L'Académie rappelle qu'elle a également proposé, pour
l'année 1862, le sujet de prix suivant :

« *Du contrôle dans les finances sur les recettes et les dé-*
« *penses publiques.* »

PROGRAMME.

« Les concurrents devront exposer les principes sur lesquels repose ce contrôle et les distinctions qui lui sont propres ; rechercher dans les temps éloignés les traces de son existence ; montrer sa marche progressive et faire connaître son organisation actuelle sous le point de vue législatif, administratif et judiciaire.

« Ils devront comparer les méthodes et les formes suivies en France et dans les principaux États de l'Europe. »

Le prix est de la valeur de *quinze cents francs*.

Les Mémoires devront être déposés au secrétariat de l'Institut le 31 mars 1862, *terme de rigueur*.

PRIX QUINQUENNAL

FONDÉ

Par feu m. le baron Félix de BEAUJOUR,

A DÉCERNER EN 1859 ET PROROGÉ A 1862.

L'Académie rappelle qu'elle a proposé, pour l'année 1862, comme sujet de prix :

« Les institutions de crédit. »

Ce sujet avait été d'abord spécifié et limité par le programme suivant :

*« Des moyens de crédit dans leurs rapports avec le travail
« et le bien-être des classes peu aisées.*

*« Retracer et faire connaître l'histoire des institutions
« destinées à faciliter l'application de ces moyens de crédit,
« notamment des Monts-de-piété, des Banques d'Écosse, et
« des Banques d'avances de Prusse (Vorschussbanken). »*

L'Académie a remis le sujet au concours pour l'année 1862, en ajoutant au programme un paragraphe destiné à rendre plus distinct le but que les concurrents ont à atteindre. Ce paragraphe est conçu en ces termes :

« Rechercher ce qu'a produit le cautionnement comme

moyen de crédit; si ce moyen est susceptible d'applications nouvelles, et signaler les causes qui peuvent en étendre ou en restreindre l'usage. »

Ce prix est de la valeur de *cinq mille francs.*

Les Mémoires ont dû être déposés au secrétariat de l'Institut le 31 décembre 1861.

PRIX QUINQUENNAL

FONDÉ

Par feu M. le baron de MOROGUES,

A DÉCERNER EN 1862.

Feu M. le baron de Morogues a légué, par son testament, en date du 25 octobre 1834, une somme de 10,000 francs, placée en rentes sur l'État, pour faire l'objet d'un prix à décerner, *tous les cinq ans,* alternativement par l'Académie des Sciences morales et politiques, au *meilleur ouvrage sur l'état du paupérisme en France et le moyen d'y remédier,* et, par l'Académie des Sciences physiques et mathématiques, à *l'ouvrage qui aura fait faire le plus de progrès à l'agriculture en France.*

Une ordonnance royale, en date du 26 mars 1842, a autorisé l'Académie des Sciences morales et politiques à accepter ce legs.

Ce prix est de la valeur de *deux mille francs.*

Les ouvrages imprimés ont dû être déposés au secrétariat de l'Institut le 31 décembre 1861.

PRIX BORDIN.

M. Bordin, ancien notaire, voulant contribuer aux progrès des lettres, des sciences et des arts, a institué, par son testament, des prix qui seront décernés, tous les ans, par chacune des cinq Académies de l'Institut.

L'Académie a décidé que la somme annuelle dont elle peut disposer, d'après le testament de M. Bordin, servirait à fonder un sujet de prix qui sera alternativement proposé par chacune de ses sections.

SECTION

DE LÉGISLATION, DROIT PUBLIC

ET JURISPRUDENCE.

L'Académie avait proposé, pour l'année 1859, la question suivante, qu'elle a prorogée à 1862 :

« *Rechercher, au point de vue philosophique et moral,*
« *quelle est, d'après leur nature et leur mode d'infliction,*
« *l'influence des peines sur les idées, les sentiments, les habi-*
« *tudes de ceux à qui elles sont infligées, et sur la moralité*
« *des populations.* »

Ce prix est de la valeur de *deux mille cinq cents francs.*

Les Mémoires ont dû être déposés au secrétariat de l'Institut le 31 décembre 1861.

7

SECTION

D'HISTOIRE GÉNÉRALE ET PHILOSOPHIQUE.

L'Académie avait proposé, pour l'année 1862, le sujet de prix suivant :

« *Rechercher, à l'aide des documents publiés et inédits,*
« *les changements introduits ou tentés sous le règne de*
« *Charles VII, soit dans les conseils du roi et la conduite gé-*
« *nérale des affaires, soit dans l'établissement des impôts*
« *et l'état de l'administration, soit dans la formation et l'or-*
« *ganisation de l'armée, soit dans les rapports de l'Église*
« *avec l'État, et assigner la part qu'ont prise à ces diverses*
« *mesures la noblesse, le clergé et le tiers état.* »

Ce prix est de la valeur de *deux mille cinq cents francs.*

Les Mémoires ont dû être déposés au secrétariat de l'Institut le 31 décembre 1861.

SECTION

DE

POLITIQUE, ADMINISTRATION, FINANCES.

L'Académie rappelle qu'elle a proposé, pour l'année 1863, le sujet de prix suivant :

« *Déterminer les connaissances utiles aux administrateurs*
« *qui peuvent être comprises dans l'enseignement public.*
« *Distinguer les aptitudes administratives qui semblent ap-*
« *peler une instruction théorique et collective, d'avec celles qui*
« *se développent mieux par le noviciat et la pratique.*

« *Étudier le développement, surtout depuis* 1789, *des*
« *institutions qui ont été établies en France pour préparer,*
« *par voie d'enseignement, soit à la connaissance des lois*
« *administratives en général, soit à certaines spécialités de*
« *l'administration publique.*

« *Comparer ces institutions dans leur état actuel avec celles*
« *qui sont en vigueur dans divers États de l'Europe, et par-*
« *ticulièrement en Allemagne.*

« *Rechercher, à l'aide de cette comparaison, les éléments*
« *d'extension et de transformation qui pourraient servir à*

7.

« *améliorer, sous ce rapport, les institutions d'enseignement*
« *de la France.* »

L'enseignement administratif existe actuellement en France
sous deux formes. Des notions générales de *droit administratif* sont distribuées dans les Facultés de droit. D'un autre
côté, certains enseignements spéciaux et en quelque sorte
techniques sont placés à l'entrée de carrières particulières,
telles que l'administration des forêts, des ponts et chaussées
et des mines.

Depuis longtemps de bons esprits se sont préoccupés de
la question de savoir si l'enseignement administratif ne devait pas recevoir des applications nouvelles. On s'est demandé, d'une part, si, pour les bases de la science administrative, ce qui existe dans les Écoles de droit était suffisant.
Quant à ce qui concerne les spécialités, on a posé la question
de savoir si diverses branches du service public, telles que
le service consulaire, l'inspection des finances, l'administration des contributions publiques, ne réclamaient pas, autant
que les services déjà dotés d'écoles spéciales, l'avantage d'un
enseignement collectif.

En ce qui concerne l'administration intérieure, la connaissance et le maniement des hommes l'emportent sur les notions scientifiques, et toutefois on s'est demandé si l'enseignement du droit ordinaire était la seule préparation intellectuelle utile aux candidats à cette branche d'administration.

L'exemple de l'Allemagne, dans laquelle certaines Universités renferment une Faculté exclusivement consacrée aux
sciences administratives et politiques, a été souvent invoqué

par les partisans de larges innovations dans notre enseignement administratif. On a également proposé, comme pouvant procurer les mêmes avantages, soit une modification du
cadre de l'enseignement dans les Facultés de droit, soit l'institution d'une école centrale d'administration, soit l'établissement d'écoles administratives spéciales à l'entrée des
carrières dépourvues aujourd'hui de conditions de capacité
déterminées par un cadre d'enseignement précis.

Il a paru d'autant plus utile de soumettre le fondement
général et le détail de ces idées au creuset de la science,
que l'administration publique agrandit son action avec la
complication des intérêts sociaux, et que, par exemple, dans
l'ordre économique, des intérêts nouveaux, étrangers aux
administrateurs d'autrefois, doivent préoccuper ceux de nos
jours.

Ce prix est de la valeur de *deux mille cinq cents francs*.

Les Mémoires devront être déposés au secrétariat de
l'Institut le 31 décembre 1862, *terme de rigueur*.

SECTION.

DE PHILOSOPHIE.

L'Académie propose, pour l'année 1864, le sujet de prix
suivant :

« *La philosophie de saint Augustin, ses sources, son caractère ; ses mérites et ses défauts ; son influence et particulièrement au XVIIe siècle.* »

.Ce prix est de la valeur de *deux mille cinq cents francs.*

Les Mémoires devront être déposés au secrétariat de l'Institut le 31 décembre 1863, *terme de rigueur.*

PRIX LÉON FAUCHER

A DÉCERNER EN 1863.

Madame Léon Faucher, veuve de M. Léon Faucher, membre de l'Académie, a, par acte notarié en date du 21 juin
1855, fait donation à l'Académie d'une rente annuelle de
mille francs, destinée à fonder un prix sous la dénomination
de *Prix Léon Faucher*, à décerner tous les trois ans, et alternativement, au *meilleur Mémoire sur une question d'économie
politique, ou sur la vie d'un économiste illustre français ou
étranger.*

Un décret impérial, en date du 31 décembre 1856, a autorisé l'Académie des Sciences morales et politiques à accepter ce legs.

En conséquence, l'Académie propose, pour l'année 1863, le sujet de prix suivant :

« *Histoire commerciale de la Ligue hanséatique.* »

PROGRAMME.

Les concurrents auront à faire connaître l'origine de la ligue, sa constitution, ses règlements, les causes économiques de ses progrès, de sa décadence et de sa chute et l'influence qu'elle a exercée sur la marche générale du commerce en Europe.

Ce prix est de la valeur de *trois mille francs.*

Les Mémoires devront être déposés au secrétariat de l'Institut le 31 décembre 1862, *terme de rigueur.*

CONDITIONS

COMMUNES A TOUS LES CONCOURS.

L'Académie n'admet à ses concours que des *Mémoires écrits en français* ou *en latin*, et adressés, *francs de port*, au secrétariat de l'Institut.

Les manuscrits devront porter chacun une épigraphe ou devise *qui sera répétée dans un billet cacheté* joint à l'ouvrage et contenant le nom de l'auteur, QUI NE DEVRA PAS SE FAIRE CONNAITRE, SOUS PEINE D'ÊTRE EXCLU DU CONCOURS.

Les concurrents sont prévenus, en outre, que l'Académie *ne rendra aucun des Mémoires qui lui auront été envoyés ;* mais les auteurs auront la liberté *d'en faire prendre des copies* au secrétariat de l'Institut.

L'Académie, afin d'éviter les inconvénients attachés à des publications inexactement faites des Mémoires qu'elle a couronnés, invite les auteurs de ces Mémoires *à indiquer formellement, dans une préface, les changements ou les additions qu'ils y auront introduits en les imprimant.*

INSTITUT IMPÉRIAL DE FRANCE.

NOTICE HISTORIQUE

SUR LA VIE ET LES TRAVAUX

DE M. HALLAM

ASSOCIÉ ÉTRANGER DE L'ACADÉMIE

PAR M. MIGNET

SECRÉTAIRE PERPÉTUEL DE L'ACADÉMIE DES SCIENCES MORALES ET POLITIQUES

Lue à la séance publique annuelle du 4 janvier 1862.

MESSIEURS,

Y a-t-il une philosophie de l'histoire? Les fondateurs de votre Académie l'ont pensé. Ils n'ont pas admis que l'histoire fût une succession d'événements arbitraires dépourvus de signification et de lien. Ils ont cru que les faits humains ont leurs lois aussi bien que les faits matériels. Ils ont donc compris l'histoire générale au nombre des sciences qui intéressent l'ordre moral et politique, et ils en ont fait une grande section de votre Académie.

8

Sans doute ce qui n'est pas variable de sa nature peut seul donner lieu à une science exacte. La liberté de l'homme se refuse à se laisser enfermer dans des cadres inflexibles. L'humanité ne suit pas une marche dont on puisse calculer tous les mouvements. Elle s'avance par des routes qu'elle ne connaît souvent qu'après s'y être engagée, vers des fins qui s'agrandissent à mesure qu'elle en approche. C'est successivement qu'elle acquiert des connaissances de plus en plus étendues, qu'elle puise tout à la fois dans l'observation de la nature et dans l'étude d'elle-même. Ainsi se forme l'expérience.

Nier le pouvoir de l'expérience serait méconnaître notre plus beau privilége, notre évidente et noble destination. Pourquoi l'intelligence nous aurait-elle été donnée, si nous n'étions pas faits pour apprendre? pourquoi la volonté libre, si nous ne devions pas nous en servir pour nous redresser et nous améliorer sans cesse? Si l'expérience n'est ni soudaine ni complète; si la vérité ne dissipe pas entièrement l'erreur, si les lumières de la raison n'empêchent pas toujours les égarements de la passion, il ne faut pas en conclure la vanité de l'expérience. Encore insuffisante, elle n'est cependant pas inutile, et viendra le temps où la vérité, plus répandue, réduira l'erreur moins obstinée, où l'ordre croissant de la justice l'emportera sur la turbulence affaiblie de la passion.

Cette expérience du genre humain, l'histoire l'accroît et l'étend. Elle le fait moins encore par des récits qui plaisent ou des peintures qui émeuvent, que par des recherches approfondies qui pénètrent les causes cachées des événements, au moyen de considérations qui en font saisir l'enchaînement et la portée, à l'aide de jugements honnêtes, d'où sor-

tent des leçons propres à élever les hommes et ces grandes
lueurs qui servent à guider les peuples. C'est cette mission
morale de l'histoire que M. Hallam s'est surtout proposée ;
c'est elle aussi qui a consacré son nom. M. Hallam occupe une
place à part, une place éminente parmi les historiens con-
temporains les plus célèbres, et, en Angleterre, il est à la tête
des rares historiens qui ont porté, dans la connaissance et le
jugement du passé, la pénétrante clairvoyance d'un esprit
libre et la ferme équité d'un esprit philosophique. Aussi avez-
vous compris de bonne heure parmi vos illustres associés le
savant auteur de *l'Europe au moyen âge*, cette vaste composition dans laquelle il embrasse d'une vue haute et puissante
dix siècles de l'existence sociale et de la condition spirituelle
du monde occidental; l'habile écrivain qui a donné une
grande histoire politique de l'Angleterre, à partir de l'époque
des invasions jusque vers nos temps, en retraçant sa libre
constitution qu'il a saisie dans ses origines, suivie dans sa
lente formation, exposée dans ses laborieuses vicissitudes,
et montrée dans la perfection de son esprit comme dans la
beauté de son mécanisme; enfin l'appréciateur judicieux
de la littérature de l'Europe pendant les trois siècles où se
sont développées avec un éclat varié dans chaque pays les
lettres et les sciences qu'il a présentées quelquefois en critique délicat, toujours en docte historien.

Henry Hallam naquit à Windsor le 9 juillet 1777. Il était
fils unique d'un dignitaire très-distingué de l'Église angli-
cane, le docteur Jean Hallam, chanoine de Windsor et
doyen de Bristol. Remarquable par une certaine candeur
antique et par la sainte honnêteté de toute sa vie, fort
versé dans les lettres humaines quoique adonné avec préfé-

8.

rence à la culture des lettres sacrées, le père laissa au fils
l'héritage d'une vertu qui ne pouvait pas être surpassée et
d'un savoir qui fut par lui singulièrement agrandi. Originaire
de Boston, dans le comté de Lincoln, la famille de M. Hallam était ancienne. Vers les commencements du XVe siècle,
elle avait donné au siége de Salisbury un évêque qui fut dé-
puté du clergé anglais au concile de Constance, cette grande
assemblée représentative de la chrétienté encore unie, con-
voquée pour réformer l'Église, comme on le disait alors, dans
son chef et dans ses membres, en rendant l'autorité du pon-
tificat moins absolue et la conduite du clergé plus régulière.
Comme la réforme ne put pas s'opérer alors légalement dans
le pouvoir et dans les mœurs, elle s'accomplit plus tard révo-
lutionnairement jusque dans le dogme. La famille de M. Hallam
l'embrassa avec ardeur. Il paraît même que la plupart de ses
ancêtres appartinrent à la secte austère des puritains, dont
il lui resta quelque chose, sinon dans les croyances, du moins
dans les sentiments. Sa mère, sœur du docteur Roberts, pré-
vôt d'Éton, femme d'un rare mérite, lui communiqua les
dons d'une intelligence ferme et d'une âme délicate. Le jeune
Hallam, dès son enfance, montra un talent inaccoutumé. A
l'âge de quatre ans il parcourait toute espèce de livres, et
il écrivait des sonnets à l'âge de dix ans. Ses vers se lisent
encore dans le recueil des « *Muses d'Éton*, » collége célèbre
fondé par Henri VI, fréquenté par ce que l'Angleterre offre
de plus élevé ou de plus opulent, qui, après avoir été l'école
du père, devint celle du fils, de 1790 à 1794. D'Éton, où il
avait été le plus remarqué des écoliers, il alla, comme étu-
diant, poursuivre ses études universitaires à Oxford, et y prit
ses grades académiques en 1799.

Le siècle finissait, lorsqu'il sortit de l'Université pour entrer au barreau. M. Hallam fut d'abord avocat et suivit les
assises dans le circuit d'Oxford en y plaidant durant quelques années. Sans avoir cette conception prompte, cette ar-
gumentation vive, cette chaleur féconde, cette élocution
soudaine et brillante qui font les habiles avocats et les ora-
teurs éclatants, il était doué d'une pénétration si grande,
il avait un esprit si vigoureux, un sens si juste, il acquit de
la loi une connaissance si étendue et si profonde, il était
capable de raisonner avec tant de force et de parler avec
tant d'autorité que les plus hautes dignités de la magistra-
ture, réservées en Angleterre aux hommes les plus éminents
du barreau, lui auraient été tôt ou tard accessibles. Il aurait
pu s'asseoir un jour sur le banc du roi comme grand juge, et
peut-être même sur le sac de laine comme chancelier; mais
sa vocation l'entraînait ailleurs. Il rechercha une autre ma-
gistrature, et il abandonna la plaidoirie pour l'histoire.

Si son génie naturel l'y destinait, son heureuse position lui
permit de s'y préparer avec maturité. Bien jeune encore,
il disposa d'un revenu qui lui assurait une entière indépendance et le laissait maître de bien faire en le dispensant de
faire vite. A sa fortune héréditaire il ajouta la rétribution
d'une charge de commissaire au bureau du timbre. C'était
un office qui occupait peu et qui rendait beaucoup. M. Hallam
eut ainsi le loisir et le moyen d'apprendre tout ce qu'il fallait
pour être un savant historien, tandis qu'il possédait les dons
supérieurs qui l'appelaient à être un historien philosophe.
Il avait deux genres d'esprit, qui, sans s'exclure, s'unissent
rarement ensemble : l'esprit d'observation et l'esprit de conclusion. Il avait étudié les langues et les auteurs de l'anti-

quité, comme les savaient trois siècles auparavant les érudits
de la renaissance. Le goût des lettres, dont il aimait les mâles
beautés ou les irréprochables délicatesses, lui inspira pour la
naissante et déjà célèbre *Revue d'Édimbourg* des articles
d'une critique élevée et sévère, qui le firent appeler avec
ironie « *le classique Hallam* » par lord Byron, dans une sa-
tire où, à côté des mérites éclatants du poëte, se révélaient
les animosités orgueilleuses de l'homme. A cette forte littérature M. Hallam joignit la connaissance parfaite des langues de l'Europe et l'étude approfondie de son histoire. Bien
qu'il eût montré un talent précoce, il fut un auteur tardif.

Ce n'est qu'après plus de dix ans de recherches opiniâtres
et d'un travail fécond, qu'il fit paraître, en 1818, son premier livre : *l'Europe au moyen âge*. En quatre volumes, il
embrasse dix siècles d'histoire, et de quelle histoire ! La
fin violente d'un monde et l'enfantement confus d'un autre.
Depuis l'invasion des peuples que la Providence semblait
tenir en réserve comme pour abattre ce qui était mort, re-
nouveler ce qui était épuisé, jusqu'à la formation des grands
États modernes, provenus de la conquête et sortis peu à peu,
bien qu'inégalement, des désordres où les avaient jetés la
barbarie humaine et la décomposition territoriale, M. Hallam déroule les annales compliquées du moyen âge.

A peu près identique dans sa composition, tout à fait uni-
forme dans sa croyance, à bien des égards analogue dans ses
coutumes, l'Europe, durant cette époque, a une histoire
commune en ce qui concerne son régime moral et son gouvernement spirituel. La foi chrétienne, qui répand des sentiments pareils et donne des directions générales, y fonde
une organisation universelle de la société religieuse soumise

au même pouvoir comme à la même règle. Les idées trans-
mises par la civilisation ancienne pour entrer dans la composition du monde moderne et les institutions nées de la
conquête germanique qui se mêlent aux restes d'une législation civile perfectionnée, s'étendent sur toutes les régions à
des degrés différents. De là combinaison un peu diverse
de tant d'éléments semblables, sortent, avec des intérêts
distincts, sur des territoires circonscrits, des États utilement
séparés au milieu de la grande communauté européenne dans
laquelle ils sont compris.

L'histoire de tant de siècles qui se succèdent et de si nombreux pays qui se forment ne saurait être présentée que
dans ses traits les plus essentiels et les plus saillants. La con-
sidérer sous son aspect philosophique sans lui enlever son
intérêt; exposer l'organisation, saisir l'esprit, indiquer la
marche progressive de l'Europe, se réglant dans le désordre
et se dégageant de la confusion; décrire ses révolutions pendant toute cette importante période du moyen âge, qui est le
berceau des nations modernes; assigner les causes, marquer
l'établissement, apprécier les effets du pouvoir spirituel qui la
domine moralement et du régime féodal qui l'enlace politique-
ment; prendre chaque pays dans sa forme particulière, chaque État dans son existence séparée, les suivre avec les développements qu'ils reçoivent, les institutions qu'ils se donnent, les idées qui les éclairent, les hommes qui les condui-
sent, les destinées qui les attendent; montrer ainsi ce que sont
et ce que deviennent, durant dix siècles, l'Italie, la France,
l'Allemagne, l'Espagne, l'Angleterre, sans rien omettre des
grands faits qu'il importe de connaître, sans mentionner les
incidents qu'il serait superflu d'apprendre : voilà ce que

M. Hallam a entrepris avec une immense étendue de savoir, et ce qu'il a exécuté avec une rare fermeté de talent.

L'un des derniers fils de ce dogmatique et superbe dix-
huitième siècle, qui, se plaisant dans les idées, avait pour ainsi
dire les faits en dédain, et dont les généreuses aspirations vers
l'avenir étaient les condamnations systématiques du passé, né
et élevé dans cette Angleterre passionnée et opiniâtre où les
sentiments décident surtout des pensées, et les pensées se
transforment si souvent en habitudes, M. Hallam ne reçut
aucune des préventions de son temps, ne prit aucun des pré-
jugés de son pays. Il porte dans l'histoire une vue haute, un
sens net, une intelligence libre, un art simple. Il n'embrasse
pas les événements dans des récits étendus, la forme de ses
ouvrages s'y oppose; il ne les colore pas dans des scènes
animées, la nature de son talent ne s'y prête pas; au lieu de
raconter, il expose; au lieu de montrer, il explique. Il a encore
plus l'intelligence que le sentiment des temps passés; il en
pénètre la signification bien mieux qu'il n'en reproduit
la vie. Il manque de cette imagination qui fait les
grands narrateurs, tandis qu'il est doué de cet esprit vigoureux qui fait les grands juges. Les uns animent l'histoire
comme des poëtes, les autres la comprennent comme des
philosophes. Les premiers y offrent les hommes en spectacle
et tirent des événements un drame; les seconds traduisent
les faits en enseignements et donnent les peuples en
exemple.

M. Hallam se place entre les historiens purement narrateurs et les historiens tout à fait philosophes, aussi savant
et plus scrupuleusement exact que les premiers, aussi pé-
nétrant et plus circonspect dans ses conclusions que les

econds. Sur tous les objets de quelque importance pour
a société humaine, la formation des États, le régime des
nœurs, l'origine et le développement des institutions, il
recueille les témoignages les plus certains comme les
plus solides, et des hauteurs d'une science étendue, avec
une raison ferme, il prononce des décisions magistrales.
C'est en effet un magistrat de l'histoire. Il érige son tribunal au milieu des générations passées dont il juge les
fautes pour l'exemple et au profit des générations fu-
tures. Il n'admet pas que les méchants actes trouvent leur
excuse dans la perversité des temps, et les vices d'un siècle ne
le rendent pas indulgent pour les écarts des hommes. Les
violences et les corruptions, la faiblesse et la tyrannie, les
maux de l'ignorance et le mépris de l'humanité, tout ce qui
nuit, altère, trouble, opprime, abaisse, il l'enveloppe, avec
une volonté clairvoyante non moins que par une vertueuse
équité, dans les sévérités instructives de ses jugements.

Dix ans après qu'eut paru ce premier et grand ouvrage,
M. Hallam publiait un livre d'un intérêt incomparable pour
son pays, et il apprenait au monde comment un peuple que
l'exiguïté de son territoire, la tristesse de son climat, la dé-
faveur de sa position, devaient laisser dans un rang inférieur
parmi les peuples, s'était élevé si haut par l'excellence de
ses institutions; était devenu le plus opulent en étant le
plus libre, le plus habile en étant le mieux gouverné;
avait suppléé aux disgrâces anciennes de la nature par les
précoces fécondités du travail, surmonté la petitesse de son
sol par la grandeur de sa puissance, dominé les mers par
ses vaisseaux, répandu ses produits sur les continents, et
couvert de ses établissements la terre parcourue avec une

9

infatigable ambition. Ce livre que donna M. Hallam en 1827 était l'*Histoire constitutionnelle de l'Angleterre*. Si, aux cinq volumes qu'il présente, on réunit le troisième volume de *l'Europe au moyen âge,* qui concerne également l'Angleterre, on a l'histoire savante et complète de la société, de la législation, de la politique de ce grand pays, depuis l'invasion des Anglo-Saxons jusqu'au règne du Hanovrien Georges III. On remonte aux origines lointaines de la constitution anglaise, on suit les développements qu'elle reçoit, on voit s'accomplir les crises laborieuses d'où elle sort plus forte et, à la fin, tout à fait achevée. M. Hallam ne sépare point l'histoire des institutions de celle des événements, et les hommes figurent dans ses habiles appréciations autant que les choses dont ils sont tout ensemble les instruments et les auteurs. Son livre est le code historique des droits nationaux, et porte surtout témoignage des efforts séculaires d'un grand peuple pour parvenir à l'heureux gouvernement de lui-même.

Comment s'est opéré cet établissement unique dans les siècles qui ont précédé le nôtre? Comment se fit-il que la société anglaise, composée presque des mêmes éléments que les autres États de l'Europe, se constitua tout autrement qu'eux? La forme de son gouvernement en effet ne ressembla d'abord ni à la constitution fédérale de l'Allemagne, ni à la constitution républicaine et seigneuriale de l'Italie, ni aux constitutions qui aboutirent à la monarchie absolue en France et en Espagne. Pour la grandeur de l'Angleterre et l'honneur du peuple anglais, elle conserva intact le pouvoir royal et finit par le contenir; elle admit la liberté publique et parvint à la régler. Elle ne rendit pas la royauté impuissante ou absolue, ce qui l'annule ou la perd; elle ne fit pas, des barons féodaux, une troupe désunie de petits souverains turbulents, voués à la tyrannie ou à la sujétion; elle ne transforma point les villes affranchies en républiques destinées à devenir la proie d'un usurpateur ou d'un conquérant. Par la plus harmonieuse des combinaisons, elle réunit ensemble la royauté qui, représentant l'unité de l'État, agrandit son territoire et sa puissance; la grande noblesse qui, formant une aristocratie prévoyante et habile, fonda les institutions libres du pays auquel elle donna un esprit attentif et des desseins suivis; la classe indépendante des propriétaires territoriaux et des communes urbaines, qui, admise à son tour dans le conseil national, y apporta avec la jalousie de ses droits et la clairvoyance de ses intérêts, l'attachement le plus fier et le plus dévoué à une patrie dont elle contribuait à régler les lois et à conduire les affaires. C'est ainsi que s'associèrent peu à peu dans une action commune les trois principes monarchique, aristocratique, populaire, qui ailleurs se constituèrent à part et se dominèrent réciproquement.

Les institutions politiques et les libertés civiles de l'Anglerre, sorties du fond de la société anglaise, eurent d'abord pour fondateurs et longtemps pour soutiens les principaux membres de l'aristocratie territoriale, qui, vers les commencements du XIIIe siècle, contraignirent la couronne à donner, à jurer, à observer la grande Charte. OEuvre libérale d'un siècle violent, conquête généreuse d'une classe partout ailleurs oppressive, la grande Charte consacra les droits essentiels du pays, elle prépara la liberté individuelle de tout sujet anglais au moyen de la justice du jury, et jeta les fondements de la puissance législative de tout le peuple anglais par l'établissement du grand conseil national, dans lequel

9.

les députés des communes prirent bientôt place à côté des lords et qui reçut le nom de Parlement. Dès le XIVe siècle, la forme politique de l'État fut fixée ; son administration judiciaire qui remontait surtout aux Anglo-Saxons fut perfectionnée ; son régime féodal, qui venait des Normands, fut adouci, et le parlement, assemblée commune des deux races, conquérante et conquise, devint l'instrument légal de leur résistance et de leurs vœux.

Il ne faut pas croire cependant que ces belles institutions aient été aussi bien observées que promptement reconnues. Les mœurs en Angleterre ont été longtemps en retard sur les lois. Malgré l'adoption de la grande Charte et la convocation assidue des parlements ; bien que le droit d'*habeas corpus* et le jugement par jury protégeassent la sûreté des personnes, que le vote des subsides servît de garantie aux propriétés et permît le contrôle du gouvernement, il y eut de fréquentes atteintes portées à la liberté des sujets, à la possession des biens, à l'exacte administration de la justice. Le successeur des rois de la conquête l'était aussi de leurs traditions et de leurs violences. Son pouvoir limité de droit se rendit souvent arbitraire de fait. Ne vit-on pas, en effet, les rois de la maison de Tudor et de la maison de Stuart se passer quelquefois des parlements en matière de subsides, annuler la loi commune en matière de droit, prendre ce qui ne leur était pas offert, punir qui n'était pas condamné, et se mettre au-dessus de la règle publique comme de la justice privée ? Ne les vit-on pas établir eux-mêmes, bien que d'une façon détournée, l'impôt par des emprunts exigés au moyen d'ordres scellés du sceau royal, par des subsides contraints auxquels ils donnaient le nom menteur de *bénévolences*, par des mono-

poles qu'ils concédaient à leur profit; ne les vit-on pas em-
prisonner les riches qui n'accédaient pas aux taxes dont ils
étaient frappés, condamner à la détention ou à l'amende les
jurés qui contrariaient leur désir en jugeant avec indépendance, poursuivre de leur redoutable animosité, et mettre à
la Tour de Londres les députés trop libres qui se refusaient à
leurs demandes et parlaient trop ouvertement contre leurs
actes? « On en était venu, dit M. Hallam, à nier l'existence
« de libertés tant de fois violées, et à prendre le mépris des
« lois pour la loi elle-même. »

Mais il existait deux instruments de liberté et de justice :
le parlement et le jury, qui devaient à la fin, le premier affer-
mir les droits du pays, le second consacrer la sûreté des personnes. Il est bien donné à la faiblesse ou à la passion des
hommes de suspendre l'effet des institutions, mais la vertu
des institutions doit tôt ou tard triompher de la faiblesse et
de la passion des hommes. De cela seul qu'elles subsistent, les
institutions finissent par procurer ce qu'elles étaient destinées à garantir. La durée a été l'heureux mérite des lois an-
glaises, comme la constance a été la vertu féconde du peuple anglais. L'habile historien de la constitution d'Angleterre
suit et explique les vicissitudes du droit qui s'étend toujours
et de l'oppression qui se ranime quelquefois en signalant
leurs causes anciennes, en montrant leurs résultats nouveaux.
La loi publique dans ses règles et la prérogative royale dans
ses prétentions, l'une émanant du pays, l'autre venant de la
conquête, la première invoquée avec une infatigable persé-
vérance, la seconde soutenue par la force, furent pendant bien
des siècles en lutte et se disputèrent, sous de nombreuses générations, le gouvernement de l'Angleterre. Tantôt la loi s'é-

tablit sur la prérogative abattue ; tantôt la prérogative relevée l'emporta sur la loi méconnue. Bien des rois de caractères différents et appartenant à des dynasties successives opprimèrent malgré la loi, et bien d'autres furent accablés sous elle. Si plusieurs des altiers Plantagenets, des impérieux Tudors, des infidèles Stuarts, se maintinrent au-dessus des droits qu'ils osèrent violer et qu'ils ne purent pas anéantir, d'autres princes de ces races audacieuses furent moins heureux dans la poursuite du pouvoir arbitraire et succombèrent en voulant l'établir. Jean Sans-Terre déposé du trône, Henri III devenu captif à la suite d'une défaite, Édouard II privé de sa couronne, Richard II tué après avoir été dépossédé, Charles Ier montant sur un tragique échafaud, et son fils, Jacques II exilé avec toute sa race, sont comme les victimes royales sacrifiées au maintien du droit national par un peuple plus décidé à conserver les libertés publiques qu'ils n'étaient eux-mêmes hardis à les nier ou à les détruire.

La révolution nationale de 1640 prépara le triomphe définitif de la constitution anglaise que consacra la révolution dynastique de 1688. A cette époque le fameux bill des droits renouvela et étendit, en leur donnant plus de précision et de développement, les garanties privées et publiques reconnues par la grande Charte, et en 1700 le bill d'établissement, en vertu duquel la maison de Hanovre fut appelée au trône d'Angleterre, ajouta de nouvelles garanties à celles du bill des droits. L'inviolabilité des personnes, la sûreté des biens, la régularité de la justice avec l'inamovibilité des juges, le vote constant des subsides, le contrôle inévitable et la discussion parlementaire des affaires de l'État, ont été dès lors proclamés et affermis. Tout désormais releva de la loi, les

prérogatives de la couronne et les libertés de la nation. Le
droit de régner des princes et le droit des sujets de partici-
per au gouvernement eurent leur source et leur sanction dans
la souveraineté de la législature. L'Angleterre devint une
république monarchique, qui, placée sous l'unique domination de la loi, mise à l'abri des luttes sanglantes par l'ordre
tutélaire de la royauté, laissée aux agitations fécondes par
le libre mouvement du pays, fut régie par les plus habiles
que désignaient les plus éclairés, dont la politique fut conduite avec la plus grande vigueur dans la plus grande liberté,
et, en sachant toujours concilier les intérêts des particuliers
et ceux de l'État, assura la prospérité et la grandeur de la
nation.

M. Hallam était singulièrement propre à dérouler et à
expliquer les annales de la liberté britannique. Sa pénétration égalait son jugement et son savoir était aussi profond
qu'étendu. Le ton mâle de M. Hallam est constamment
d'accord avec la fermeté de sa pensée. Son style manque
quelquefois de souplesse, mais il est toujours puissant, et
souvent il s'élève de la gravité à l'éloquence, à une éloquence
simple et brève qui ne va jamais au delà de l'honnête élan parti
de son âme émue ou de l'idée généreuse conçue par son noble
esprit. Le contraste des droits aujourd'hui respectés et des actes autrefois tyranniques lui inspire même de poétiques paro-
les. Ainsi, en rencontrant dans ses récits le lieu où s'exercèrent
sous les Tudors tant de persécutions ténébreuses, la tour de
Londres dans laquelle, durant le règne d'Élisabeth surtout,
la torture interdite par la loi anglaise resta, comme il le dit,
rarement oisive, M. Hallam s'écrie : « Les hommes qui se
rappellent les annales de leur pays ne peuvent voir ce lourd

et sombre édifice sans qu'il fasse naître en eux de tristes
souvenirs... Cette tour, qui présente un contraste si frappant
avec les monuments pleins de grâce et d'élégance élevés par
la prospérité et le goût modernes, témoignages éclatants
dont nous sommes redevables à la liberté civile et religieuse,
cette tour, dis-je, semble un tyran captif destiné à orner le
triomphe d'une république victorieuse, et doit nous apprendre à juger, dans le transport de notre reconnaissance,
de combien nous avons surpassé nos ancêtres en vertu et en
félicité. »

Si M. Hallam porte dans l'appréciation des temps passés
les sentiments d'un Anglais libre, il ne s'y départ jamais des
scrupules d'un écrivain équitable. Il n'est pas plus exagéré
par passion qu'indifférent par impartialité. Il intéresse
alors même qu'il disserte. Son mémorable ouvrage, dans lequel les faits bien observés donnent lieu à des conclusions
bien déduites, est une sorte de philosophie politique tirée de
la pratique séculaire d'un grand peuple par un publiciste qui
sait et un historien qui pense. Il a eu un succès solide autant
qu'étendu. Apprécié en Europe, où il a été partout traduit, il a
paru en France sous les auspices d'un des grands maîtres dans
l'art d'écrire l'histoire, M. Guizot, auquel ses récits et ses jugements sur la révolution d'Angleterre ont mérité que M. Hallam
accordât la place la plus élevée parmi les historiens de son
propre pays. Enfin il est devenu comme classique en Angleterre; où il est consulté par les hommes d'État, cité dans les
chambres du parlement, et sert de texte à l'étude de l'histoire
constitutionnelle dans les hautes écoles. On a même dit de lui
avec une reconnaissante admiration : « L'ouvrage de M. Hallam
sur la constitution d'Angleterre est une grande Charte de

nos libertés et de nos droits, qui porte la signature non pas
des rois et de leurs ministres, mais de la muse de l'histoire. »

M. Hallam ne prit jamais part à ce gouvernement dont il
avait écrit l'histoire. En aucun moment de sa longue vie il
n'appartint à la Chambre des communes. Les fonctions qu'il
exerçait au bureau du timbre l'excluaient du parlement. Ce
n'est point qu'il préférât conserver l'opulente rétribution de
cet office sans éclat, car, lorsque de lui-même il le résigna
plus tard, il ne tenta pas davantage d'arriver au parlement,
dont l'accès lui aurait été rendu facile par sa belle renommée
et les plus illustres amitiés. Il était en accord d'idées et uni
de sentiment avec les chefs du parti whig qui, depuis
1830, ont presque toujours dominé dans la Chambre des
communes et le plus souvent dirigé le gouvernement de l'Angleterre. Mais il avait trop peu d'ambition pour aspirer à
conduire les autres et trop d'indépendance pour consentir à
être conduit. Quand l'autorité réside dans les assemblées,
il s'y forme des partis qui en recherchent la possession pour
l'exercer d'après des vues qui ne sont pas tout à fait les
mêmes ou dans des intérêts qui sont assez différents, et
sous la bannière desquels les hommes politiques s'enrôlent,
manœuvrent, combattent, parlent, votent surtout avec
un concert obéissant. M. Hallam n'aurait pas su se soumettre à cette discipline des opinions et des votes ; il n'aurait pu penser toujours avec déférence, adhérer quelquefois sans approbation, en aucun cas sacrifier l'indépendance
de son esprit, sur aucun point renoncer à l'impartialité de
son jugement.

Il s'intéressait néanmoins en bon citoyen à l'habile
gestion des affaires de son pays et au sage ménage-

10

ment de ses libertés. L'historien de la constitution anglaise
craignit même un moment que les bases n'en fussent ébran-
lées par les mains généreuses mais peu prudentes de ses
amis. C'était en 1831. La révolution qui venait de faire
prévaloir le régime représentatif en France et devait communiquer peu à peu une impulsion libérale au reste de
l'Europe, avait ramené le parti whig au pouvoir d'où il était
éloigné depuis plus d'un quart de siècle. Le cabinet, que ce
parti avait formé sous la présidence de l'éloquent et in-
flexible lord Grey, entreprit des réformes considérables. La
principale consistait dans un changement vaste et profond
du système électoral, qui pouvait altérer la composition du
parlement et donner à la longue, avec un autre esprit, une
autre forme au gouvernement de l'Angleterre. C'est ce que
redoutait M. Hallam, et ce qu'il exprima avec beaucoup de
force à l'un des membres les plus respectés et les plus in-
fluents du cabinet nouveau, en présence du duc de Broglie,
leur ami commun, qu'une mission délicate avait conduit à
Londres, et qui fut singulièrement frappé de cet entretien
entre un juge expérimenté des institutions de son pays et un
partisan dès longtemps éprouvé de la liberté politique : « Je
« suis whig ainsi que vous, disait M. Hallam à son illustre in-
« terlocuteur : une réforme me paraît nécessaire, mais celle
« que vous tentez est excessive. Il faudrait perfectionner, il
« ne faudrait pas transformer. Sans doute il est conforme au
« sens de nos libres institutions, et il peut être utile au déve-
« loppement de nos publiques destinées de supprimer cer-
« tains abus du régime électoral et d'étendre le droit d'élire ;
« mais il serait dangereux de l'accroître sans mesure. Ce
« droit ne saurait appartenir à tout le monde. En l'accor-

« dant avec une profusion périlleuse, on s'expose à altérer la
« vieille constitution anglaise et à troubler la bienfaisante
« harmonie des pouvoirs due à l'habileté de nos pères et à
« leur bonheur. C'est dans la Chambre des communes que
« s'opère aujourd'hui le rapprochement des trois pouvoirs,
« de la couronne, des lords, du peuple, que se prépare leur
« action concertée, que se fait, en un mot, leur équilibre.
« Cet équilibre est le gouvernement même de l'Angleterre.
« Si l'on change trop la composition de la Chambre des
« communes en rendant l'élection trop démocratique, on
« court le risque de le rompre, et de donner à l'État des
« impulsions irrégulières en y introduisant des éléments
« nouveaux. Une fois le principe du bill admis, les consé-
« quences s'en étendront; les changements succéderont aux
« changements, et la réforme d'aujourd'hui en provoquera
« une autre demain. Alors, peu à peu, le gouvernement
« passera de la Chambre des communes sur la place publi-
« que. Les élus de la démocratie chercheront de quel côté
« souffle le vent de la multitude pour en suivre les incons-
« tantes directions, et, livrée à la mobilité populaire, la po-
« litique anglaise sortira de ses voies comme la constitution
« anglaise sera remuée dans ses fondements. »

Étranger, autrement que par ses pensées et ses sollicitudes,
aux affaires de son pays, M. Hallam eut une vie remplie de
travaux, mais dépourvue d'événements. Quelques voyages
en rompirent seuls la studieuse monotonie, et de grandes
douleurs en troublèrent à plusieurs reprises la douce séré-
nité. M. Hallam s'était marié assez jeune. Il avait épousé en
1807 la fille aînée du baronnet sir Abraham Elton, du comté
de Somerset. De cette union il avait eu onze enfants, dont

10.

quatre seulement avaient survécu. Son fils aîné, Arthur-
Henry Hallam, faisait sa joie et son orgueil. Doué d'une belle
intelligence et de la plus noble figure, ce jeune homme unissait beaucoup de maturité à beaucoup de grâce, et, avec un
savoir précoce, il avait une imagination charmante. Il était
fiancé à la sœur de son condisciple et de son ami le poëte
Tennyson, à qui était réservé, après Wordsworth, le titre
de poëte lauréat de l'Angleterre, et qui devait continuer la
glorieuse liste sur laquelle étaient inscrits depuis trois siècles tant de noms célèbres. Dans l'été de 1833, M. Hallam et
son fils visitèrent ensemble l'Allemagne. Ils s'arrêtèrent à
Vienne, où le jeune Arthur parut fatigué. Cette fatigue
cachait un mal profond qui devait avoir bientôt une issue
funeste. Un jour M. Hallam sortit seul en laissant son fils
endormi, et, lorsqu'il rentra, il le trouva mort. Il s'était
éteint sans agitation et sans souffrance, à la même place où
il semblait reposer. Le désolé M. Hallam porta les restes de
cet enfant bien-aimé, des bords du Danube sur les bords de
la Saverne, au berceau de sa famille, dans le cimetière de
l'église de Clavedon, situé sur une colline solitaire qui domine le canal de Bristol.

C'est dans cette sépulture, où il devait être bientôt rejoint
par sa mère, par sa sœur, et un peu plus tard par le second de
ses frères, qu'Arthur Hallam fut déposé au milieu des regrets
de l'affection, des plaintes de la poésie. Celui dont il devait
être le frère, Tennyson, dédia à sa mémoire une suite d'élégies
immortelles. Dans une pathétique allusion, le poëte s'écrie :

« Le Danube a donné à la Saverne ce cœur qui ne bat
« plus. Ils l'ont étendu sur la côte riante et à portée d'en-
« tendre la vague.

« Les grands vaisseaux s'avancent vers le port caché sous
« la colline; mais où est le contact de cette main qui est
« devenue insensible, et le son de cette voix qui s'est éteinte?

« Brise, brise, brise-toi aux pieds de tes rochers, ô mer !
« mais la tendre grâce du jour qui est passé ne reviendra
« plus pour moi.....

« Je ne le reverrai plus, jusqu'à ce que soit achevée ma
« course solitaire, celui qui m'était cher comme une mère
« l'est à son fils, plus cher pour moi que ne le sont mes pro-
« pres frères. »

Le père infortuné exhala son affliction dans un écrit qui
ne fut pas destiné à devenir public et auquel il donna le titre
pieux de *Remains*. Il s'y nourrissait, en effet, des souvenirs
de ce fils de ses prédilections dans une des œuvres les plus
touchantes qui aient jamais été consacrées à une affection
détruite et à une espérance brisée. Un peu plus tard M. Hallam
publiait, en se hâtant, le dernier de ses ouvrages, auquel il
se croyait désormais moins en état de donner l'étendue nécessaire et la perfection désirable, et il disait avec une irré-
sistible tristesse : « J'ai d'autres avertissements de ramasser
et de lier mes gerbes, tandis que je le puis encore : ce sont
mes années avancées et la réunion dans le ciel de ceux qui
m'attendent. »

Quelles étaient ces gerbes que M. Hallam tenait à recueillir
pendant qu'il le pouvait encore ? C'était la moisson aussi
abondante que variée de tous les fruits du génie humain
pendant les derniers siècles. M. Hallam, qui avait porté ses
recherches sur les institutions des États, les avait étendues aux
opinions des peuples, et, en même temps qu'il avait retracé
leur histoire politique, il avait étudié leur histoire littéraire.

Il n'avait pas suivi la réorganisation de la société européenne sans examiner avec une curiosité réfléchie et sans s'expliquer avec une sagacité savante la conduite de l'esprit humain à travers les âges et parmi la diversité des nations.

M. Hallam retrace l'*histoire de la littérature de l'Europe pendant le XVe, le XVIe et le XVIIe siècle*, en la faisant précéder d'un examen succinct des idées comme des travaux du moyen âge. Il entre dans cette région ténébreuse, et il en sort, pour ainsi dire, sous la conduite des deux grands papes Grégoire Ier et Nicolas V. Le premier, auquel l'esprit chrétien fait prendre en mépris l'esprit profane, détourne le monde de l'étude des lettres et de la culture des sciences, et commence l'ère où la foi sera plus nécessaire que la raison, où l'on croira presque sans penser, et où il n'y aura guère, sur la terre envahie d'autre refuge qu'auprès des autels, et dans la vie bouleversée d'autre consolation qu'en Dieu. Le second, admirateur de l'antiquité retrouvée, recueille au Vatican l'immense trésor de cinq mille volumes manuscrits, fait élégamment traduire la plupart des ouvrages grecs, encourage les progrès des lettres renaissantes, récompense avec générosité les travaux célèbres, et inaugure l'ère dans laquelle l'esprit, se relevant par le savoir, reprendra peu à peu la domination de l'univers, soumettra tout à ses recherches, étudiera la nature, s'étudiera lui-même, renouvellera l'art, agrandira toutes les connaissances, et en perfectionnant la pensée des hommes améliorera la condition de l'humanité. En plaçant ainsi aux confins de l'antiquité et des temps modernes Grégoire Ier et Nicolas V, M. Hallam dit avec une heureuse imagination : « Ces grandes figures, semblables aux « statues de la Nuit et du Matin par Michel-Ange, apparais-

« sent debout aux deux portes du moyen âge, emblèmes
« et précurseurs du long sommeil de l'esprit humain et de
« son réveil. »

L'ouvrage entrepris par M. Hallam n'était ni de petite di-
mension, ni d'exécution facile. Il fallait, pendant trois siècles, suivre l'intelligence européenne dans les routes multi-
pliées qu'elle a parcourues, dans les diverses œuvres qu'elle
a produites. Comment connaître tout ce qui a été pensé, sentir
également le beau sous toutes les formes, saisir fortement le
vrai dans toutes les langues, être en quelque sorte universel
par le savoir et le jugement? Si l'on n'omet rien, n'est-il pas
à craindre qu'on ne devienne prolixe en restant superficiel?
Si l'on ne dit pas tout, n'encourt-on pas le reproche d'être
incomplet, sans éviter même toujours celui de paraître sec?

M. Hallam n'a pas échappé toujours aux difficultés de ce
périlleux sujet, qu'il s'efforça d'embrasser dans un espace res-
treint en le traitant sous son aspect philosophique. Cependant
il est court plus qu'il n'est aride, et il est substantiel dans sa
brièveté. Chez lui l'historien aide le critique. Le génie général
de l'Europe civilisée, il l'a étudié à fond ; le génie particulier
de chaque peuple, et, chez chaque peuple, l'apparition des
grands hommes qui font de grandes œuvres, souvent il les explique avec sagacité et les caractérise avec justesse. Ce livre considérable, où l'érudition abonde et où le goût ne manque pas,
exact malgré son étendue, intéressant malgré sa rapidité, dans
lequel, tout en désirant quelquefois des développements plus
profonds et des décisions plus fortes, on ne saurait méconnaître la variété des connaissances et l'élévation des vues, est fort
instructif pour ceux qui veulent apprendre, et peut même être
agréable à ceux qui aiment à se souvenir. Pour les temps

qu'il embrasse et les pays qu'il parcourt, c'est presque l'histoire sommaire de l'esprit humain.

Après la publication de cet ouvrage particulièrement estimé en Angleterre, M. Hallam ne fit plus rien d'important. Il avançait en âge, et il avait atteint, par des succès continus, une haute renommée. Il était l'ornement de plusieurs sociétés savantes qui le comptaient avec orgueil dans leurs rangs. Trésorier de la Société de statistique qu'il avait contribué à fonder en Angleterre, pour recueillir les faits sociaux dont la politique peut s'éclairer et l'histoire se servir ; vice-président en quelque sorte perpétuel de la Société des antiquaires de Londres, aux lointaines recherches de laquelle il concourait par son habile érudition ; membre éminent de la célèbre Société royale des sciences, dont il avait d'abord refusé d'être pensionnaire pour accepter ensuite l'office honoraire et gratuit de son historien, il était glorieux d'appartenir à l'Institut de France par le grand titre d'associé étranger. Lorsqu'il visitait le continent et qu'il traversait notre pays, il assistait à vos séances. Il parut au milieu de vous, en se rendant en Italie, à la veille du dernier malheur qui l'y attendait.

Un seul fils lui restait. Cet enfant de son âge mûr, auquel son vénérable ami, le marquis de Lansdowne, avait servi de père devant l'Église et donné son deuxième nom, Henry-Fitz-Maurice Hallam, était distingué comme l'avait été Arthur-Henry Hallam, quoique par d'autres mérites non moins rares. Dans sa jeunesse, lorsque ceux de son âge lisaient Walter Scott ou Byron, lui étudiait Bacon ou se plaisait dans la lecture du Dante. Il avait toujours été le premier dans les examens du collége à Éton et les épreuves de l'Académie à Cambridge. Réservé, réfléchi, d'un caractère doux et grave, d'un esprit solide et orné, sachant les mathématiques aussi bien que l'histoire, instruit dans la science économique et versé dans l'étude des lois, connaissant bien les langues étrangères et parlant à merveille la sienne, ce dernier des Hallam venait d'entrer au barreau, où l'attendaient des succès certains. Il avait été reçu avocat en 1850, et, après avoir suivi pendant l'été les assises du circuit de Londres, il alla dans l'automne rejoindre en Italie son père, qui, sans oublier le fils qu'il avait perdu, semblait renaître à l'espérance dans le fils qu'il conservait encore. Hélas! cette espérance ne dura point. Par une cruelle fatalité, le voyage de Rome eut une issue aussi funeste pour Henry-Fitz-Maurice Hallam que l'avait eue dix-sept années auparavant le voyage de Vienne pour Henry-Arthur Hallam. Une de ces fièvres terribles qui attaquent le principe même de la vie le saisit soudainement; on voulut, mais en vain, le dérober à ses mortelles atteintes, en fuyant vers le nord de l'Italie. Le malheureux jeune homme succomba à Sienne le 25 octobre, et son père, plus malheureux encore, le cœur à jamais sans consolation et la vie désormais sans but, accompagna les restes de son fils à l'église funèbre de Clavedon, où ils furent déposés, le 23 décembre, à côté de ceux de son frère, de sa sœur et de sa mère.

M. Hallam consacra aussi des pages touchantes à la mémoire de Henry-Fitz-Maurice. Ce fut son dernier écrit. Brisé par ce nouveau coup, mais non abattu, il vécut encore quelques années. Enfin, très-avancé en âge, parvenu, ainsi qu'il l'avait lui-même dit de son père, sur les confins des deux vies sans qu'il eût plus rien à désirer de celle-ci et rien à craindre de celle-là, il passa, le 21 janvier 1859, de l'une

11

à l'autre, avec le calme d'un sage et la confiance d'un chrétien.

M. Hallam unissait les plus hautes qualités de l'âme aux plus solides mérites de l'esprit; tout ce qu'il était, sa personne même le disait. Grand et d'une belle figure, l'élégante pureté de ses mœurs, la dignité soutenue de son caractère, l'active pénétration d'une forte intelligence, l'équité sans trouble d'un jugement supérieur, sa douceur tout à la fois aimable et ferme, sa tranquille modestie, son invariable droiture, se peignaient sur ses nobles traits. Son front était large et serein, son œil vif et limpide, et ses lèvres pures et véridiques, qui ne s'étaient jamais ouvertes à rien d'équivoque ou de dé-loyal, laissaient entrevoir toute la candeur de ses sentiments et toute l'honnêteté de ses idées. Il était du commerce le plus agréable, et la justice rigide qu'il exerçait dans l'histoire se conciliait chez lui avec la pratique assidue de la plus rare bonté dans la vie. Il savait être fort généreux et ne pouvait pas s'empêcher d'être bienfaisant. Dans sa munificence affec-tueuse il avait doté la fiancée même de son fils, et il était si compatissant qu'on se faisait scrupule de mentionner trop de misères devant lui : il soulageait toutes celles qu'il connais-sait. L'homme était aussi révéré que l'écrivain était estimé. A l'illustration que lui avaient donnée ses œuvres, le premier ministre d'Angleterre avait voulu en ajouter une autre, et il avait offert à M. Hallam le titre de baronnet comme une mar-que de faveur de la couronne pour l'historien qui, dans son temps, honorait le plus son pays. M. Hallam refusa avec une dignité triste : « Mon âge avancé, écrivit-il, et la perte de « ceux qui auraient partagé ce titre avec moi, me détournent « de changer mon nom. » Il resta avec ce nom simple, mais glorieux, qu'il porta noblement jusqu'à sa quatre-vingt-deuxième année, où, quittant la vie au milieu du respect universel, il laissa ce nom attaché à des monuments qui ne périront pas, et qui le transmettront avec son honnête et solide éclat à la postérité, auprès de laquelle il demeurera recommandable tant que seront estimées les pures vertus et que seront lus les bons livres.

PARIS. — Typographie de Firmin Didot frères, imprimeurs de l'Institut, rue Jacob, 56.

www.ingramcontent.com/pod-product-compliance
Lightning Source LLC
Chambersburg PA
CBHW060455260626
47161CB00005B/2113